BLACKWATER·I
LA·CRUE

BLACKWATER
L'ÉPIQUE SAGA DE LA FAMILLE CASKEY

La Crue .... 7 AVRIL 2022
La Digue .... 22 AVRIL 2022
La Maison .... 5 MAI 2022
La Guerre .... 19 MAI 2022
La Fortune .... 3 JUIN 2022
Pluie .... 17 JUIN 2022

MICHAEL MCDOWELL

BLACKWATER·I
LA·CRUE

Roman

*traduit de l'anglais (États-Unis)
par Yoko Lacour avec la participation
de Hélène Charrier*

MONSIEUR TOUSSAINT LOUVERTURE

Ce livre a été écrit par
MICHAEL MCDOWELL (1950-1999),
dédié à « Mama El »,
traduit par YOKO LACOUR,
avec la participation de HÉLÈNE CHARRIER,
édité par DOMINIQUE BORDES,
assisté de CLAUDINE AGOSTINI, ROMANE BALEYNAUD,
THIBAUT BERTRAND, LISA FOLLIET, XAVIER GÉLARD,
FRANÇOIS GUILLAUME, DOMINIQUE HÉRODY
et JEAN-FRANÇOIS SAZY.

NOTE DE L'AUTEUR

La ville de Perdido, en Alabama, existe bel et bien à l'endroit où je l'ai située. Mais ni aujourd'hui ni jamais elle n'a possédé la population, la géographie ou les bâtiments décrits. Les rivières Perdido et Blackwater n'ont, par ailleurs, aucun point de confluence. Cependant, les paysages et les personnes dépeintes, ne sont pas, oserai-je dire, entièrement fictifs.

Titre original : *Blackwater I: The Flood.*

©Michael McDowell, 1983.
©Monsieur Toussaint Louverture, 2022,
pour la traduction française, les généalogies
et la carte de Perdido.

ISBN : 9782381960456
DÉPÔT LÉGAL : avril 2022.
(8ᵉ tirage)
Illustration de couverture :
©Pedro Oyarbide & Monsieur Toussaint Louverture.

WWW.MONSIEURTOUSSAINTLOUVERTURE.COM

La Ménade aime et furieusement se défend contre l'amour ; elle aime et tue. Des origines du sexe, du passé sombre et primitif de la lutte entre les sexes, proviennent une scission et un essor dans l'âme féminine, au sein desquels celle-ci trouve pour la première fois la plénitude de sa conscience. Aussi la tragédie naît-elle de l'affirmation de l'être féminin en une telle dualité.
Viatcheslav Ivanovitch Ivanov,
« L'Essence de la tragédie »

*Je viderai mon cœur de sa douceur,
Et me gorgerai d'horreur ;
Amour et pensées féminines, je tuerai,
Et laisserai dans mon esprit se putréfier leurs corps,
Avec l'espoir que leurs vers mortellement piqueront ;
Quoique femme, par haine j'engendrerai beaucoup :
Je serai le père d'un monde de spectres
Et comblerai la tombe de charogne.*
Thomas Lovell Beddoes,
La Flèche de l'amour empoisonnée

Prologue

À l'aube du dimanche de Pâques 1919, le ciel au-dessus de Perdido avait beau être dégagé et rose pâle, il ne se reflétait pas dans les eaux bourbeuses qui noyaient la ville depuis une semaine. Immense et rouge orange, le soleil rasait la forêt de pins accolée à ce qui avait été Baptist Bottom, le quartier où les Noirs affranchis s'étaient installés en 1895, et où leurs enfants et petits-enfants vivaient encore. Désormais, s'étendait à perte de vue un magma fangeux de planches, de branches d'arbres et de carcasses d'animaux. Du centre-ville, ne surnageaient que la tour carrée de la mairie et le premier étage de l'hôtel *Osceola*. Seule la mémoire aurait pu attester de l'existence des rivières Perdido et Blackwater qui, à peine une semaine plus tôt, parcouraient encore la bourgade. Les douze cents habitants s'étaient tous réfugiés sur les hauteurs. À présent, la ville se décomposait sous une vaste étendue d'eau noire et puante qui commençait seulement à refluer. Les frontons, pignons et cheminées qui n'avaient pas été arrachés et emportés par le courant saillaient de la surface sombre et luisante tels des signaux de détresse de pierre, de brique et de bois ; si bien que les branchages et les déchets non identifiés – bouts de vêtements, débris de meubles – qui frôlaient leurs appels à l'aide muets, s'y accrochaient dans leur dérive, comme autant d'anneaux de crasse autour de doigts tendus.

L'eau noire lapait paresseusement les façades en brique de l'hôtel de ville et de l'*Osceola*. À part ça, les flots étaient silencieux et immobiles. Qui n'a pas vécu une inondation de cette ampleur s'imaginera que les poissons nagent librement à travers les fenêtres brisées des maisons, mais ce n'est pas le cas. Les vitres ne cèdent pas. Quelle que soit la solidité d'une bâtisse, l'eau s'infiltre toujours par le plancher ; invariablement, un cellier sans fenêtre comme un porche ouvert aux quatre vents seront inondés. Les poissons s'en tiennent à leurs cours, inconscients des mètres de liberté supplémentaire déployés au-dessus d'eux. Les eaux d'une crue sont sales et pleines de choses sales ; les poissons-chats et les brèmes, désorientés par l'obscurité nouvelle, s'échinent à nager en cercle autour des rochers, des algues et des jambages de ponts qui leur sont familiers.

Si quelqu'un s'était tenu dans la petite pièce située sous l'horloge dans la tour de l'hôtel de ville, à regarder par la meurtrière est, il aurait vu approcher sur la surface huileuse de ces eaux nauséabondes, comme émergeant des décombres de la nuit, un canot solitaire avec deux hommes à son bord. Mais il n'y avait personne dans cette pièce, et la poussière sur le sol de marbre, les nids d'oiseaux dans la charpente ou le murmure d'agonie des derniers rouages à n'avoir pas encore rendu l'âme demeurèrent inaltérés. Qui aurait pu remonter le mécanisme de l'horloge alors que la ville avait été entièrement évacuée pendant la crue ? Aussi le canot solitaire poursuivit-il sans témoin sa navigation solennelle. Il arrivait lentement du nord-ouest et des riches demeures des propriétaires des scieries, elles aussi reposant sous les eaux de la Perdido. L'embarcation à rame, peinte en vert – fait étrange, tous les canots du coin arboraient la même couleur –, était manœuvrée par un Noir dans la trentaine, tandis qu'assis à la proue se trouvait un Blanc, de quelques années son cadet.

Les deux hommes gardaient le silence, médusés par le tableau irréel qu'offrait la ville – où ils étaient nés et avaient grandi – noyée sous plus de cinq mètres d'eau fétide. Depuis la première Pâques à Jérusalem, nul soleil ne s'était levé sur un spectacle aussi désolant, ni n'avait suscité autant de désespoir dans le cœur des témoins de cette aube naissante.

« Bray, dit le Blanc, rompant le silence. Dirige-toi vers l'hôtel de ville.

— Monsieur Oscar ! On sait pas ce qu'y a là-dedans. »

L'eau était montée jusque sous les fenêtres du premier étage.

« Je *veux* voir justement. On y va. »

À contrecœur, Bray orienta le canot d'une poussée ferme et vaguement impétueuse. Ils abordèrent le bâtiment en heurtant la balustrade du balcon.

« Vous allez quand même pas entrer ? », objecta Bray lorsque Oscar Caskey saisit l'imposant garde-corps.

Ce dernier fit non de la tête. La crue avait couvert la rambarde d'un dépôt gluant. Il voulut s'essuyer la main sur son pantalon, mais ne réussit qu'à y répandre un peu de pestilence.

« Approche-toi de cette fenêtre. »

Bray guida l'embarcation jusqu'à la première ouverture à droite du balcon.

Le soleil n'avait pas encore atteint cette partie du bâtiment, aussi le bureau – qui devait être celui de l'officier d'état civil – demeurait-il dans la pénombre. Le plancher n'était plus qu'une mare obscure. Le mobilier était renversé, et tables et chaises se trouvaient dispersées çà et là. Des meubles, éventrés sous la pression, débordait une bouillie administrative détrempée. Partout s'étalaient des liasses de documents officiels en décomposition. Une demande rejetée d'inscription sur les listes électorales pour les scrutins de 1872 était venue se coller sur le bord de la fenêtre ; Oscar réussit même à déchiffrer le nom renseigné.

« Vous voyez quoi, Monsieur Oscar ?

— Pas grand-chose, des dégâts. Des soucis quand l'eau va baisser.

— C'est toute la ville qui va avoir des soucis quand l'eau va baisser. On devrait pas rester là, Monsieur Oscar. On pourrait tomber sur n'importe quoi.

— Et sur quoi est-ce qu'on pourrait tomber ? », rétorqua Oscar en se tournant vers lui.

Bray Sugarwhite était employé par les Caskey depuis qu'il avait huit ans. Il avait été embauché comme compagnon de jeu pour Oscar, alors âgé de quatre ans, avant de servir de garçon de courses, puis de jardinier en chef. Sa femme, Ivey Sapp, officiait comme cuisinière pour la famille.

Bray continua à ramer le long de Palafox Street. Oscar scrutait la rue de gauche à droite, essayant de se remémorer si le salon du barbier était muni d'un fronton triangulaire surmonté d'une boule en bois sculpté, ou si cet ornement appartenait à la boutique de robes de Berta Hamilton. Cinquante mètres plus loin, on apercevait l'hôtel *Osceola*, dont l'enseigne emportée deux jours plus tôt devait, à cette heure, avoir éventré le flanc d'un bateau de pêche à la crevette, à dix kilomètres au large du golfe du Mexique.

« On va plus regarder nulle part, pas vrai, Monsieur Oscar ? », demanda Bray avec appréhension tandis qu'ils approchaient de l'hôtel.

À la proue, Oscar examinait les environs.

« Je crois que j'ai vu quelque chose bouger derrière l'une de ces fenêtres ! s'écria-t-il.

— C'est le soleil, dit précipitamment Bray. C'est juste le soleil qui tape contre les carreaux.

— Non, ce n'était pas un reflet. Bray, rame vers le coin là-bas. Fais ce que je te dis.

— Je vais pas le faire.

— Si, Bray, tu vas le faire, dit Oscar sans même se retourner. Alors ne discute pas. Rame jusque là-bas.

— Je vais pas regarder là-dedans... », souffla Bray à voix basse. Puis, plus fort, alors qu'il changeait de cap et ramait en direction de l'*Osceola* : « C'est juste des rats. Quand l'eau a commencé à monter à Baptist Bottom, je les ai vus sortir de leurs trous et se percher sur les palissades pour s'enfuir. Ces bestioles savent se mettre au sec. Et puis, tout le monde est parti de Perdido mercredi dernier. Y a rien d'autre qu'eux dans cet hôtel. C'est malin, un rat. »

Le canot cogna la façade est du bâtiment ; les vitres réfléchissaient les rayons rouges et aveuglants du soleil. Oscar regarda par la fenêtre la plus proche.

La totalité du mobilier de la petite chambre – le lit, la commode, l'armoire, l'évier et le portemanteau – était entassée au centre de la pièce, comme si les meubles avaient été pris dans un maelström qui se serait ensuite évacué par le plancher. Tout était couvert de boue. Encrassé et raide, un tapis gisait replié sur lui-même contre la porte. Dans la pénombre, Oscar ne parvenait pas à distinguer sur le papier peint la trace laissée par l'eau à son niveau le plus haut.

Le tapis remua. Oscar s'écarta vivement lorsque deux gros rats émergèrent de l'un de ses replis avant de filer vers la montagne de meubles au milieu de la chambre.

« Des rats ?! s'exclama Bray. Vous voyez ? Je vous l'avais dit, Monsieur Oscar, y a rien que des rats là-dedans. On ferait mieux de partir. »

Sans répondre, Oscar se leva et, saisissant un bout du store déchiqueté qui pendait du balcon voisin, tira l'embarcation vers le coin de l'hôtel.

« Bray, c'est celle-là, c'est la fenêtre où j'ai vu quelque chose bouger. C'est passé juste derrière. Et crois-moi, ce n'était pas un rat, pour la simple raison qu'il n'en existe pas d'aussi gros.

— Les rats ont trouvé plein à manger dans l'inondation », répliqua Bray. Ce qui laissa Oscar perplexe.

Se penchant en avant, il agrippa l'appui en béton et scruta la pièce au-delà des vitres maculées.

La chambre d'angle semblait avoir été épargnée. Impeccablement fait, le lit était bien aligné contre le mur et le tapis soigneusement disposé devant. La coiffeuse, la commode et le meuble de toilette étaient également à leur place. Rien n'était tombé ou ne s'était cassé. À l'endroit où le soleil illuminait un large pan de sol, Oscar nota que le tapis paraissait humide ; il fut forcé de conclure que la crue s'était bel et bien infiltrée par le plancher.

Que le mobilier de cette chambre soit resté intact alors que celui de la chambre d'à côté avait été brisé, entassé et, ultime outrage, souillé de boue noire, constituait un parfait mystère pour Oscar.

« Bray, c'est à n'y rien comprendre.

— Y a rien du tout à comprendre. Et puis, je sais même pas de quoi vous parlez.

— Tout est en ordre, là-dedans. Il n'y a que le plancher qui semble un peu mouillé », dit Oscar en se retournant vers Bray, lequel secoua la tête et réitéra son désir de s'éloigner au plus vite de cet endroit à moitié submergé. Il craignait qu'Oscar se mette en tête de faire le tour du bâtiment pour inspecter chaque fenêtre.

Oscar tourna le dos à son compagnon afin de s'écarter du mur en prenant appui sur le rebord. Il jeta un dernier coup d'œil dans la chambre et bascula soudain en arrière avec un cri étranglé.

Dans cette pièce, clairement inoccupée une poignée de secondes plus tôt, se trouvait à présent une femme. Elle était tranquillement assise au bord du lit, dos à la fenêtre.

Sans attendre qu'Oscar donne d'explications à sa frayeur, et n'en cherchant aucune, Bray se jeta sur la rame et commença à s'éloigner de l'hôtel.

« Arrête ! Retournes-y tout de suite ! s'écria Oscar quand il se fut remis de ses émotions.

— Pas question, Monsieur Oscar.

— C'est un ordre ! »

La mort dans l'âme, Bray dirigea à nouveau le canot vers l'*Osceola*. Oscar s'apprêtait à agripper le mur quand la fenêtre s'ouvrit.

Bray se figea, la rame plongée dans l'eau. Le bateau heurta la façade, le choc manquant de les renverser.

« J'ai tant attendu… », annonça la jeune femme qui se tenait dans l'encadrement.

Elle était grande, mince, pâle, altière et belle. Ses épais cheveux roux ramassés en un chignon vaporeux étaient d'un intense rouge argileux. Elle portait une jupe sombre et un chemisier blanc. Une broche rectangulaire d'or et de jais était fixée au col de sa blouse.

« Mais qui êtes-vous ?! demanda Oscar avec stupéfaction.

— Elinor Dammert.

— Mais enfin, qu'est-ce que vous faites ici ?

— Dans cet hôtel ?

— Oui.

— J'ai été surprise par la montée des eaux. Je n'ai pas réussi à m'échapper.

— Tout le monde est parti, objecta Bray. Soit ils ont filé, soit on est v'nu les chercher. Mercredi dernier.

— On m'a oubliée, répondit Elinor. Je dormais. On a oublié que j'étais là. Je n'ai pas entendu les appels.

— La cloche a sonné pendant deux heures, dit Bray d'un ton suspicieux.

— Est-ce que vous allez bien ? demanda Oscar. Depuis combien de temps êtes-vous là ?

— Comme le dit votre ami, depuis mercredi. Au moins quatre jours. J'ai passé tout ce temps à dormir. Il n'y a pas grand-chose à faire dans ce genre de situation. Est-ce que vous auriez quelque chose dans votre canot à me donner ?

— À manger ? demanda Oscar.

— On a rien, répondit sèchement Bray.

— Nous n'avons rien du tout, renchérit Oscar. Je suis désolé, nous aurions dû être plus prévoyants.

— Pourquoi donc ? dit Elinor. Vous ignoriez que quelqu'un pouvait encore se trouver là, n'est-ce pas ?

— Ça, c'est sûr ! lança Bray d'une voix qui suggérait que leur découverte n'avait rien d'heureux.

— Chut ! intima Oscar, aussi confus que déconcerté par la grossièreté de Bray. Est-ce que vous allez bien ? répéta-t-il. Qu'avez-vous fait quand l'eau est montée ?

— Rien du tout, répondit Elinor. Je suis restée

assise sur le lit en attendant que quelqu'un vienne me chercher.

— La première fois que j'ai regardé par la fenêtre, vous n'étiez pas là. La chambre était vide.

— J'étais là. Seulement vous ne m'avez pas vue. Peut-être à cause du reflet. J'étais assise juste là. Je ne vous ai pas entendus arriver. »

Il y eut un silence. Bray scrutait Elinor d'un air de profonde méfiance. Menton baissé, Oscar se demandait quoi faire.

« Est-ce qu'il y aurait une place pour moi dans ce canot ? fit Elinor au bout d'un moment.

— Bien sûr ! s'exclama Oscar. Nous allons vous emmener. Vous devez être affamée.

— Rapprochez le canot, dit Elinor à Bray. Là, juste en dessous, que je puisse descendre. »

Bray s'exécuta. Une main sur le mur, Oscar se leva et tendit l'autre à Elinor. Elle souleva sa jupe et enjamba gracieusement l'appui. Visiblement à l'aise, et sans laisser paraître le moindre signe de la détresse qu'elle avait dû ressentir pendant ces quatre jours de complète solitude dans une ville presque entièrement sous les eaux, Elinor Dammert se glissa à bord, entre Oscar Caskey et Bray Sugarwhite.

« Mademoiselle Elinor, je m'appelle Oscar Caskey et lui, c'est Bray. Il travaille pour ma famille.

— Comment allez-vous, Bray ? s'enquit Elinor en lui souriant.

— Ça va bien, m'dame, répondit Bray avec un ton et une moue qui évoquaient le contraire.

— Nous allons vous emmener en lieu sûr, dit Oscar.

— Est-ce qu'il y aurait de la place pour mes bagages ? demanda Elinor tandis que Bray écartait d'un coup de rame le canot de la façade en brique.

— Je crains que non, dit Oscar. Il y en a déjà à peine pour nous trois. Mais vous savez, dès que Bray nous aura débarqués, il reviendra chercher vos affaires.

— Hors de question que j'entre là-dedans ! protesta ce dernier.

— Bray, tu fais ce que je te dis. Tu imagines ce que Mademoiselle Elinor a subi pendant quatre jours ? Alors que toi, Maman, Sister et moi on était confortablement au sec ? Qu'on profitait de trois repas par jour tout en nous plaignant de n'avoir emporté que deux jeux de cartes au lieu de quatre ? Tu as pensé à ce que Mademoiselle Elinor a dû ressentir, seule dans cet hôtel alors que tout était inondé ?

— Bray, coupa Elinor Dammert, je n'ai que deux petites valises. Elles sont posées sur le sol, pile sous la fenêtre. Vous n'aurez qu'à tendre la main pour les attraper. »

PROLOGUE

Enfermé dans son mutisme, Bray ramait en sens inverse du trajet qu'Oscar et lui avaient emprunté à l'aller. Il fixait le dos de la jeune femme qui jamais, ô grand jamais, n'aurait dû se trouver là où on l'avait trouvée.

Assis à l'avant, Oscar cherchait désespérément quelque chose à dire, mais rien ne lui venait – du moins, rien qui puisse justifier qu'il tourne la tête par-dessus son épaule pour adresser une parole maladroite à Mademoiselle Elinor. Par chance, ainsi qu'il s'en fit intérieurement la remarque, alors qu'ils passaient devant l'hôtel de ville, la carcasse d'un gros raton laveur remonta soudain à la surface, ce qui donna l'occasion à Oscar d'expliquer que les porcs, dans leur tentative de nager pour échapper à la crue, s'étaient ouvert la gorge avec leurs pattes avant. On ignorait si tous s'étaient noyés ou avaient saigné à mort. Mademoiselle Elinor sourit et acquiesça sans dire un mot. Oscar n'ajouta rien de plus, ne se tournant à nouveau que lorsque l'embarcation passa devant sa maison. « C'est là que je vis », dit-il en pointant l'étage de l'imposante demeure, elle aussi inondée, de la famille Caskey. Mademoiselle Elinor hocha poliment la tête et déclara que c'était une très belle et très grande maison, et qu'elle souhaitait pouvoir la visiter à l'occasion, lorsqu'elle ne serait plus inondée. Oscar accueillit chaleureusement ce souhait – pas Bray.

Quelques minutes plus tard, Bray accosta entre deux racines émergées d'un grand chêne de Virginie qui marquait la limite nord-ouest de la ville. Un pied en équilibre sur la souche, Oscar sortit du canot et aida Mademoiselle Elinor à débarquer au sec.

« Merci, dit cette dernière en se tournant vers Bray. Je vous suis très reconnaissante d'aller récupérer mes affaires. Ces deux bagages, c'est tout ce que je possède, Bray. Sans eux, je n'ai plus rien. Ils sont posés tout près de la fenêtre, vous n'aurez qu'à tendre le bras. »

Puis, elle et Oscar se mirent en chemin pour l'église Zion Grace, vers les hauteurs, à un kilomètre et demi, où les grandes familles de Perdido avaient trouvé refuge.

Un quart d'heure plus tard, Bray abordait à nouveau la façade de l'*Osceola*. Le temps d'effectuer l'aller-retour, l'eau avait déjà baissé de plusieurs centimètres. Il resta assis un long moment à fixer l'ouverture béante dans l'espoir de rassembler assez de courage pour y passer un bras et récupérer les bagages. « Je meurs de faim ! s'exclama-t-il. Qu'est-ce que cette femme a bien pu manger ? » S'enhardissant de sa propre voix, et bien que sa remarque ait touché à une partie déplaisante du mystère qui, il en avait l'intuition, auréolait Elinor Dammert, il fit pivoter le canot de manière à s'adosser au mur en brique. Se retenant à l'appui, il passa rapidement son autre bras à l'intérieur. Ses doigts se refermèrent sur la poignée d'une valise qu'il sortit d'un geste brusque et lança dans l'embarcation. Il prit une profonde inspiration et recommença l'opération.

Sa main ne rencontra rien.

Il la retira à la hâte. Les yeux plissés, il fixa un instant le soleil, tendit l'oreille sans percevoir autre chose que le crissement du canot contre les briques rouges, et allongea à nouveau le bras, sondant l'espace sous la fenêtre. Aucune autre valise.

Il n'avait d'autre choix à présent que de regarder dans la chambre : glisser sa tête par la fenêtre et scruter la pièce, à la recherche du second bagage de Mademoiselle Elinor.

Avec la désagréable conscience d'être, à cet instant précis, le seul être humain de tout Perdido, Bray se rassit dans le canot pour réfléchir à la situation. Il se pouvait qu'en lançant un coup d'œil là-dedans, il aperçoive la valise à sa portée. C'était le plus probable et il serait alors capable de la récupérer comme il l'avait fait pour l'autre. Mais il se pouvait, aussi, qu'elle soit *hors* de portée ; il lui faudrait alors se hisser dans la chambre. Et ça, pas question – mais peu importait, après tout il pourrait toujours dire à Monsieur Oscar qu'il n'avait pas pu sortir du canot, n'ayant pas trouvé d'endroit où l'amarrer.

Bray se remit debout et assura son équilibre en se maintenant à la façade. Il regarda par la fenêtre, mais ne vit l'autre bagage nulle part. Il n'était tout simplement pas là.

Sans réfléchir, la curiosité l'emportant sur la peur, il se pencha à l'intérieur et vérifia le long du mur.

« Seigneur ! Monsieur Oscar, murmura-t-il, répétant le laïus qui lui vaudrait le pardon pour avoir échoué à ramener les deux bagages. J'ai regardé partout, et il était pas là. J'aurais bien cherché dedans mais y avait rien pour s'amarrer, je... »

C'était faux, il aperçut une attache de métal autour de laquelle le cordon du store avait été fixé. Bray maudit ses yeux. Impossible de mentir à Monsieur Oscar, qu'importe ce qu'il ressentait. Maudissant de nouveau ses yeux et son incapacité à ne rien dire d'autre que l'absolue vérité, il enroula la cordelette d'amarrage autour de l'attache. Lorsque le canot fut solidement arrimé, il passa avec précaution sa jambe par-dessus le rebord et, d'un bond souple, atterrit dans la chambre.

Le tapis était trempé. L'eau s'étalait en flaques nauséabondes sous ses bottes. Baigné de la lumière matinale, Bray s'approcha du lit sur lequel Elinor était assise lorsque Oscar l'avait vue. Tâtonnant, il se risqua à presser le couvre-lit. Lui aussi était gorgé d'eau et recouvert d'une matière sombre et gluante. Bien que la pression soit légère, une petite flaque trouble se forma sous son doigt.

« Le sac était pas là », dit Bray tout haut, répétant une nouvelle fois la conversation qu'il aurait avec Oscar. « Pourquoi est-ce que tu n'as pas regardé sous le lit ? », répliqua ce dernier par la voix de Bray.

Bray se pencha. De grosses gouttes sales s'écoulaient des franges du couvre-lit. Sous le sommier, s'était formée une nappe d'eau croupie. « Bon sang... Où c'est que cette femme a dormi ? », siffla-t-il, horrifié. Il se retourna. Pas de bagage. Il alla à la commode et l'ouvrit. Rien, excepté trois centimètres d'eau dans chaque tiroir. Il n'y avait pas de penderie, aucun endroit où cacher une valise – à supposer que Mademoiselle Elinor ait volontairement cherché à la lui dissimuler, or elle avait insisté pour qu'il retourne chercher ses affaires. « Bon Dieu, Monsieur Oscar ! Quelqu'un est passé et l'a volée ! »

Il revenait sur ses pas quand Oscar, toujours par la voix de Bray, demanda : « Bray, pourquoi tu n'as pas regardé dans le couloir ? »

« Parce que, murmura Bray, cette vieille chambre est déjà assez affreuse... »

La porte qui donnait sur le couloir était fermée, mais la clé était dans la serrure. Bray s'avança et tourna la poignée. C'était verrouillé, aussi essaya-t-il la clé, également poisseuse. La porte s'ouvrit.

Il examina le long couloir désormais dénué de tapis. Aucune valise. Il marqua une pause, attendant que la voix d'Oscar lui ordonne de poursuivre ses recherches. Mais rien ne vint. Bray poussa un soupir de soulagement et referma doucement. Il retourna à la fenêtre, qu'il enjamba avec précaution pour descendre dans le canot. Il dénouait lentement l'amarre, savourant le sentiment d'être sorti sain et sauf de cette pénible aventure, quand il remarqua ce qu'il n'avait pas vu jusqu'alors : le soleil éclairait à présent la trace laissée par l'eau sur le papier peint. Elle se situait à plus de cinquante centimètres au-dessus du lit fait avec soin d'Elinor Dammert. Si l'eau était montée aussi haut, comment cette femme avait-elle fait pour survivre ?

Généalogies Caskey, Sapp et Welles, 1919

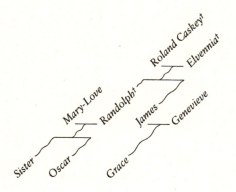

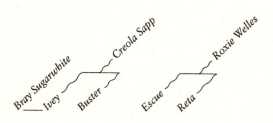

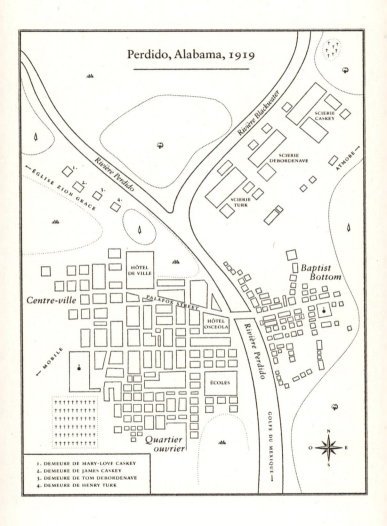

LES DAMES DE PERDIDO

L'église baptiste Zion Grace se situait sur Old Federal Road, à deux kilomètres de Perdido. Ses fidèles se voulant rigoristes, c'était l'édifice le plus inconfortable qu'on puisse imaginer : une unique salle dépouillée, un plafond en voûte qui retenait la chaleur en été et le froid en février, et abritait grillons tapageurs en hiver et blattes volantes en juillet. Le vétuste bâtiment avait été surélevé à l'aide de piliers en brique quelques années avant la guerre de Sécession, et dessous, tapis dans le sable sombre, logeaient parfois des putois, parfois des serpents.

La congrégation rigoriste de Perdido était connue pour trois choses : ses bancs, qui étaient durs ; ses sermons, qui étaient longs ; et son pasteur, qui était une femme minuscule aux cheveux noirs et au rire perçant nommée Annie Bell Driver. Souvent, des gens supportaient les bancs sans dossier et les sermons de trois heures simplement pour la nouveauté d'entendre une femme, derrière le pupitre, face à l'assemblée, parler du péché, de la damnation éternelle et de la colère de Dieu. Annie Bell avait un mari insignifiant, trois garçons tout aussi insignifiants, et une fille, Ruthie, qui deviendrait la réplique exacte de sa mère en grandissant.

Lorsque les eaux de la Perdido s'étaient mises à monter, Annie Bell Driver avait ouvert les portes de Zion Grace afin d'y héberger toute personne ayant dû évacuer sa maison. Il s'avéra que les premiers à abandonner leur domicile furent les trois familles les plus aisées de la ville : les Caskey, les Turk et les DeBordenave. Elles possédaient chacune une scierie et des entrepôts – le bois de charpente étant l'unique industrie de Perdido.

Ainsi, tandis que l'eau rouge et boueuse de la rivière inondait leurs vastes pelouses, les trois clans avaient rassemblé devant les porches de leurs belles demeures des charrettes et des mules qu'ils avaient chargées de coffres, de tonneaux et de cageots pleins de nourriture, de vêtements et de divers biens. Ce qui ne pouvait être facilement transporté fut déplacé aux étages supérieurs des maisons. Seuls les meubles les plus encombrants restèrent sur place, dans l'espoir qu'ils résisteraient à la montée des eaux.

On recouvrit les carrioles de bâches et on les conduisit jusqu'à l'église par la forêt. Les familles suivaient à bord de leurs automobiles, puis les domestiques, à pied. Malgré les bâches, malgré la capote en toile des autos, malgré les parapluies et les journaux avec lesquels les Noirs se protégeaient la tête, et en dépit même de l'épaisse canopée de pins, corps et biens arrivèrent trempés par la pluie.

À l'intérieur de l'église, on avait écarté les bancs et posé des matelas au sol. Un coin avait été attribué aux femmes blanches, un autre aux domestiques noires, un troisième aux enfants ; le dernier fut réservé à la préparation des repas. Ce refuge n'était destiné qu'aux femmes et aux enfants – les hommes restèrent en ville, à sauver ce qui pouvait l'être dans les scieries, à aider les commerçants à monter leurs produits sur les plus hautes étagères, à transporter les infirmes et à convaincre les derniers récalcitrants de se mettre à l'abri sur les hauteurs. Lorsque enfin la ville fut abandonnée aux flots, les hommes et les domestiques des familles Caskey, Turk et DeBordenave s'installèrent dans la maison d'Annie Bell Driver, à quelques centaines de mètres de l'église. Les enfants voyaient dans ce grand bouleversement une aventure ; les domestiques, un travail plus ardu et pénible que celui auquel ils étaient habitués ; quant aux riches épouses, mères et filles des propriétaires des scieries, elles n'évoquaient ni l'inconfort ni la gêne, ne pleuraient ni leurs demeures ni leurs biens, mais souriaient pour les enfants, pour leurs employées de maison et pour elles-mêmes, et s'entichèrent de Ruthie

Driver. Cela faisait cinq jours qu'elles avaient pris leurs quartiers dans l'église Zion Grace.

Au matin du dimanche de Pâques, Mary-Love – veuve de Randolph Caskey – et sa fille, Sister, étaient assises avec Annie Bell dans un angle de l'église. Elles seules étaient réveillées. Caroline DeBordenave et Manda Turk dormaient sur des matelas voisins ; tournées l'une vers l'autre, elles ronflaient doucement. Les domestiques, étendues avec leurs enfants dans l'angle opposé, remuaient de temps en temps, poussaient un cri sourd au milieu d'un rêve de crue ou de serpents d'eau, ou encore relevaient la tête en scrutant un instant les alentours d'un œil vide, avant de se rendormir.

« Va te poster dehors... chuchota Mary-Love à Sister. Et dis-moi si tu vois ton frère et Bray revenir. »

Obéissante, Sister se leva. Comme sa mère, elle était mince et anguleuse. Elle avait les cheveux des Caskey : fins et doux, mais sans couleur particulière, simplement ordinaires. Elle n'avait que vingt-sept ans, mais chaque femme de Perdido – blanche comme noire, riche comme pauvre – savait que Sister ne se marierait jamais et ne quitterait la demeure familiale.

Laissées devant l'église, les carrioles avec les possessions des Caskey, des Turk et des DeBordenave étaient surveillées de jour comme de nuit par l'un ou l'autre des domestiques munis d'une arme à feu chargée. Le chauffeur des DeBordenave dormait à l'avant du chariot le plus proche du chemin, aussi Sister marcha-t-elle avec discrétion afin de ne pas le déranger. Elle examina les ornières laissées par les véhicules qui avaient traversé la forêt de pins depuis Perdido. Même si le soleil surplombait déjà les immenses arbres et brillait dans ses yeux, la lumière dans les bois était encore hésitante, verte et nimbée de brouillard. Elle tourna la tête d'un côté, puis de l'autre. Le chauffeur s'agita sur son siège et demanda :

« C'est vous, mam'selle Caskey ?!
— Tu as vu Oscar et Bray ?
— J'les ai pas vus, mam'selle Caskey.
— Merci, rendors-toi. C'est le matin de Pâques.
— *Le Seigneur... est ressuscité...* », murmura doucement le chauffeur, avant de laisser aller son menton sur sa poitrine.

Sister se protégea les yeux de l'aqueuse clarté matinale. Un homme et une femme émergèrent d'un voile de brume, avant de faire une pause au milieu des ornières.

« Où est partie votre fille ? demanda Annie Bell Driver à Mary-Love.
— Je lui ai dit d'aller voir si Oscar et Bray

arrivaient, répondit-elle en levant la tête. Ils sont allés en ville se rendre compte des dégâts. Moi, je n'étais pas d'accord. Je n'aime pas les savoir dans un canot. Depuis qu'il est tout petit, Oscar a la mauvaise habitude de laisser filer ses doigts à la surface de l'eau sans faire attention. Cette rivière regorge de serpents et de sangsues, tout le monde le sait. Alors j'ai dit à Bray de garder un œil sur lui. Mais ce Bray est d'une étourderie », conclut-elle dans un profond soupir.

Sister apparut sur le seuil.

« Tu les as vus ? lui demanda sa mère.

— J'ai vu Oscar, hésita Sister.

— Bray est avec lui ?

— Je ne l'ai pas vu.

— Je veux parler à Oscar, dit Mary-Love en se levant.

— Maman... Oscar n'est pas seul.

— Avec qui est-il ?

— Une dame.

— Quelle dame ? », demanda Mary-Love Caskey en se dirigeant vers l'entrée de l'église.

À une centaine de mètres, elle aperçut son fils en pleine discussion avec une femme bien plus mince et anguleuse qu'elle ne l'était elle-même.

« Qui est-ce, maman ? Elle est rousse.

— Je ne sais pas, Sister.

— Elle est d'ici ? demanda Annie Bell Driver en arrivant dans leur dos.

— Non ! lâcha Mary-Love d'un ton catégorique. Personne à Perdido n'a les cheveux de cette couleur ! »

Partant du chêne sous lequel Bray Sugarwhite avait débarqué Oscar Caskey et Elinor Dammert, désormais saine et sauve, un chemin traversait la forêt de pins. Il passait par l'église et la maison des Driver, puis croisait Old Federal Road pour finir quatre kilomètres plus loin dans un champ de cannes à sucre qui appartenait à une famille noire, les Sapp.

Oscar Caskey était le Premier Gentleman de Perdido ; même dans une ville aussi petite, un tel titre n'était pas sans importance. Premier Gentleman par droit de naissance – étant l'héritier direct de sa famille –, il l'était également du fait de son apparence et de son allure. Grand et anguleux comme tous les Caskey, ses mouvements étaient cependant plus déliés et gracieux que ceux de sa sœur ou de sa mère. Il avait les traits fins et expressifs, parlait avec soin et un humour subtil. Ses yeux bleus brillaient d'un éclat particulier et sa bouche semblait constamment réprimer un sourire. Ses manières courtoises ne variaient jamais selon son interlocuteur – il se montrait aussi poli avec la femme de Bray qu'avec un riche industriel de Boston venu inspecter la scierie.

En ce matin de Pâques, alors qu'Oscar et Elinor marchaient, le soleil dans leur dos illuminait les branches à la cime des pins. Des volutes de vapeur montaient de la rosée déposée sur le tapis d'aiguilles, et s'élevaient autour d'eux. Immobiles et fumantes, de grandes flaques plus ou moins profondes s'étendaient de part et d'autre du sentier, dans des creux où le niveau de l'eau avait submergé la terre.

« Ce n'est pas l'eau de la rivière, mais l'eau des sous-sols, signala Oscar. On pourrait s'agenouiller et la boire directement. »

Il se raidit soudain, craignant d'avoir été indélicat. Afin de chasser tout embarras, il se tourna vers Elinor et lui demanda :

« Qu'avez-vous bu à l'*Osceola* ? Je ne suis pas certain, Mademoiselle Elinor, que l'on puisse boire l'eau d'une crue sans en mourir aussitôt.

— Je n'ai rien bu du tout, répondit-elle, sans se soucier de l'invraisemblance de sa réponse.

— Vous avez bien dû avoir soif pendant ces quatre jours, Mademoiselle Elinor ?

— Je n'ai jamais soif, dit-elle en souriant. Simplement faim », ajouta-t-elle en passant sa main sur son ventre comme pour en soulager les grondements – Oscar n'avait pourtant rien entendu et Elinor n'avait absolument pas l'apparence de quelqu'un qui serait resté quatre jours sans manger.

Ils continuèrent leur route en silence.

« Pourquoi êtes-vous venue dans la région ? reprit poliment Oscar.

— À Perdido ? Je suis venue pour travailler.

— Et que faites-vous dans la vie ?

— Je suis enseignante.

— Mon oncle siège au conseil académique, fit Oscar avec entrain. Il pourra sûrement vous trouver un emploi. Mais pourquoi avoir choisi Perdido ? Nous sommes au milieu de nulle part. C'est le bout du monde. Personne ne voyage jusqu'ici sauf pour m'acheter du bois.

— J'imagine que c'est la crue qui m'a portée là, répondit Elinor en riant.

— Vous aviez déjà connu une inondation avant celle-ci ?

— Oh oui, beaucoup. Vraiment beaucoup… »

Oscar Caskey soupira. Sans qu'il sache pourquoi, Elinor Dammert se moquait de lui. Il songea qu'elle se plairait ici, dans l'éventualité où son oncle lui trouverait effectivement un poste. À Perdido, les femmes se moquaient toujours des hommes. Les Yankees de passage logeaient à l'*Osceola*, discutaient avec les propriétaires des scieries, faisaient leurs courses dans des boutiques tenues par des hommes et se faisaient couper les cheveux par un homme en bavardant avec une clientèle masculine, qui allait et venait chez le barbier du matin au soir, sans jamais se douter une minute que c'étaient en réalité les femmes qui dirigeaient la ville. Sur le moment, Oscar se demanda si c'était aussi le cas dans les autres villes de l'Alabama. C'était peut-être le cas partout, songea-t-il avec surprise et inquiétude. Or, les hommes, quand ils se retrouvaient, ne débattaient jamais de leur impuissance, pas plus que cette dernière n'était mentionnée dans les journaux ou abordée par les sénateurs lors de leurs discours au Congrès. Alors qu'il traversait cette forêt de pins humide en compagnie d'Elinor, Oscar réalisa que si elle était représentative des femmes d'autres villes – puisqu'elle sortait bien de quelque part –, c'est qu'ici comme ailleurs, les hommes étaient impuissants.

« D'où venez-vous ? », demanda-t-il. Une question qui suivait naturellement le cours de ses pensées.

« Du Nord.

— Vous n'avez rien d'une Yankee ! », s'exclama-t-il.

L'accent d'Elinor ne l'irritait pas comme l'aurait fait celui d'un Nordiste, car il avait le rythme du Sud et ses voyelles étaient suffisamment liquides pour l'oreille d'Oscar. Cependant, il y avait dans sa façon de parler une sorte d'étrangeté, comme si elle avait été habituée à s'exprimer dans une autre langue, une langue qu'il ne reconnaissait pas. Il fut soudain frappé d'une vision, aussi précise qu'improbable, d'Elinor étendue sur son lit à l'*Osceola*, prêtant l'oreille aux voix des hommes dans les chambres voisines pour en imiter l'intonation et en mémoriser le vocabulaire.

« Je voulais dire du nord de l'Alabama, corrigea-t-elle.

— De quelle ville ? Je la connais peut-être.

— Wade.

— Non, ça ne me dit rien.

— Dans le comté de Fayette.

— Vous y avez été à l'école ?

— À Huntingdon. Et puis j'ai eu un diplôme d'enseignante. Il est dans les bagages que Bray est allé chercher. J'espère qu'il parviendra à les récupérer. L'un d'eux contient mes lettres de recommandation, dit-elle d'un ton un peu absent – comme si le sort de ses affaires lui importait peu, mais qu'elle s'était brusquement souvenue qu'elle *devrait* s'en préoccuper.

— Bray est un Noir marqué par la responsabilité, dit Oscar en se touchant le front comme pour indiquer où se trouvait cette marque sur le crâne du domestique. Plus jeune, il lui est arrivé de manquer à ses obligations, mais je lui ai donné un coup de planche qui a laissé des traces, et il ne m'a plus jamais déçu. » À mesure qu'il parlait, une autre partie du cerveau d'Oscar décida soudain que le comportement étrange de Mademoiselle Elinor pouvait de façon charitable et assez commode être attribué à la confusion qui devait l'accabler après quatre jours passés seule dans un hôtel en partie inondé.

« Mais je ne comprends toujours pas pourquoi vous avez choisi de venir à Perdido », insista-t-il.

Soudain, le voile de brume qui les enveloppait se dissipa et ils aperçurent l'église face à eux. La sœur d'Oscar se tenait sur les marches du perron ; de toute évidence, elle guettait son retour.

« Parce que, répondit Elinor dans un sourire, j'ai eu vent qu'il y avait quelque chose pour moi ici. »

Oscar présenta Elinor Dammert à sa mère, sa sœur et à la femme pasteur.

« Cette année, il n'y aura pas d'office du matin, lança Annie Bell Driver. Nous avons suffisamment à faire comme ça. Et si les gens arrivent à dormir en sachant que leurs maisons et leurs biens sont sous l'eau, qu'on les laisse dormir.

— Mademoiselle Elinor est venue à Perdido dans l'espoir de trouver un emploi à l'école pour la rentrée prochaine, annonça Oscar. Mais elle a été prise au piège à l'*Osceola* quand l'eau est montée. Bray et moi venons à peine de la trouver.

— Mais où sont vos vêtements ? Où sont vos affaires, Mademoiselle Elinor ? s'alarma Sister dans un élan d'inquiétude.

— Vous avez sans doute dû tout perdre, déclara Mary-Love en observant les cheveux d'Elinor. Une inondation emporte tout. Je suis surprise qu'elle vous ait laissé la vie.

— Je n'ai rien, répliqua Elinor avec un sourire qui n'était ni la marque d'une résignation courageuse ni celle d'une indifférence réfléchie, mais qui paraissait plutôt se moquer des convenances.

— D'où venez-vous ? », demanda Annie Bell Driver.

L'un des enfants, celui d'une domestique, s'était réveillé et les observait à présent d'un œil somnolent par les portes ouvertes.

« J'ai obtenu mon diplôme à Huntingdon, répondit Elinor. Je suis venue ici pour enseigner.

— L'école est entièrement submergée, intervint Oscar en secouant tristement la tête. Les carpes y donnent la classe, désormais.

— J'ai aperçu deux pupitres flotter dans Palafox Street, renchérit Sister.

— Les enseignants n'ont pu sauver que leurs manuels, dit Mary-Love.

— Auriez-vous quelque chose à manger ? demanda Elinor. Je suis restée sur un lit à regarder l'eau monter pendant quatre jours. Je n'ai mangé qu'une conserve de saumon et des biscuits secs. Je ne me sens pas bien.

— Qu'on emmène Mademoiselle Elinor à l'intérieur ! », cria Annie Bell Driver.

Sister prit la main d'Elinor pour l'aider à grimper les marches de l'église.

« Bray a récupéré des boîtes de conserve du magasin de Monsieur Henderson après l'inondation, dit Sister. Les étiquettes sont parties donc on ignore ce qu'il y a dedans. Il suffit de les ouvrir. Quelquefois on a des haricots verts pour le petit déjeuner et des petits pois pour le dîner, mais celles de saumon, on peut les reconnaître à leur forme. Vous en mangerez uniquement si vous le souhaitez, bien sûr.

— Je vous remercie de m'avoir secourue, Monsieur Oscar », dit Elinor après s'être retournée depuis le haut des marches.

Oscar l'aurait volontiers suivie mais Mary-Love le saisit par le bras.

« Tu ne peux pas entrer, Oscar. Caroline et Manda ne sont pas encore présentables. »

Oscar regarda Elinor disparaître, puis il salua sa mère, revint sur le sentier et prit la direction de la maison des Driver. Poli, il fit au passage un signe de tête au chauffeur somnolent.

Dans l'église, on apporta de quoi manger à Elinor. Assise sur un banc, elle étudiait la disposition des enfants endormis dans le coin opposé. Les domestiques s'étaient levées et rassemblées plus loin pour se laver et s'habiller tant bien que mal. Sister s'était assise à côté d'Elinor, et d'un murmure lui posait de temps à autre une question que suivait une réponse chuchotée.

Caroline DeBordenave et Manda Turk s'étaient levées juste à temps pour voir Sister Caskey conduire une inconnue dans l'église. Passant leurs vêtements à la hâte, elles se précipitèrent dehors pour interroger Mary-Love, qui les attendait de l'autre côté de l'une des remorques. Toutes les trois se lancèrent aussitôt dans une discussion animée à propos de la couleur – argileuse – des cheveux d'Elinor Dammert et des circonstances surprenantes de son séjour à l'hôtel.

Leur seule conclusion fut que ces circonstances étaient plus que surprenantes : elles étaient franchement mystérieuses.

« Si seulement Oscar pouvait revenir pour qu'on lui pose une ou deux questions à propos de cette Mademoiselle Elinor... dit Caroline DeBordenave, une femme imposante au sourire timide.

— Oscar ne sait rien, fit Manda Turk, une femme encore plus imposante dont le froncement de sourcils caractéristique n'avait rien de timide, lui.

— Comment le sais-tu ? s'étonna Caroline. Oscar l'a secourue à l'*Osceola*. Il l'a conduite en canot jusqu'à la terre ferme. Il a eu tout le temps de faire connaissance.

— Les hommes ne savent jamais quelles questions poser, déclara Manda. On n'apprendra rien de lui. N'est-ce pas, Mary-Love ?

— J'en ai bien peur, même s'il s'agit de mon propre fils. Sister discute avec elle en ce moment. Peut-être qu'elle arrivera à lui soutirer quelque chose.

— Bray est de retour », dit Manda Turk en pointant un doigt en direction de la forêt.

Le soleil, à présent haut et chaud, tirait davantage de vapeur du sol détrempé. L'homme avait subitement émergé de la brume, balançant une petite valise de sa main droite.

« C'est la tienne ? demanda Caroline DeBordenave à Mary-Love.

— Non. Ça doit être à elle.

— C'est sa valise, Bray ? l'interpella Manda Turk d'une voix forte.

— Oh que oui ! lança Bray en s'approchant – il savait qu'elle faisait référence à la femme repêchée à l'*Osceola*.

— Qu'est-ce qu'il y a dedans ? demanda Caroline.

— J'sais pas, j'l'ai pas ouverte, répondit-il avant de marquer une pause. Elle est dans l'église ?

— Elle prend son petit déjeuner avec Sister, répondit Mary-Love.

— Y avait deux bagages, fit Bray en arrivant à leur niveau.

— Où est l'autre ? demanda Caroline.

— Tu l'as laissé dans le canot ? ajouta Manda.

— J'sais pas où il est.

— Tu l'as perdu ?! s'écria Mary-Love. Cette fille n'avait que deux bagages en tout et pour tout, et tu en as perdu un, Bray !

— Elle va être folle de rage contre toi, renchérit Manda Turk. Elle va t'arracher les yeux ! »

Bray frémit, comme s'il craignait qu'Elinor ne mette réellement cette menace à exécution.

« J'sais pas où est ce truc, m'dame Turk. M'sieur Oscar et moi, on a ramené c'te dame dans le canot, et elle a dit qu'y avait deux valises sous la fenêtre. J'ai conduit la dame et m'sieur Oscar jusqu'ici, puis m'sieur Oscar me dit : "Bray, retournes-y." C'est donc c'que j'ai fait, et quand j'ai passé la tête par la fenêtre, y avait que ç'ui-ci. Juste un. Alors je me dis, où c'est qu'il est passé, l'autre ? »

Aucune d'elles ne se risqua à répondre. Le domestique tendit la valise à Mary-Love.

« Peut-être bien que quelque chose est sorti de l'eau, a mis sa main par la fenêtre et senti qu'il y avait une valise et l'a prise avec lui.

— Il n'y a rien d'autre dans l'eau que des cadavres de poulets, rétorqua Manda Turk avec mépris.

— Je suis curieuse de savoir ce qu'il y a là-dedans », dit Caroline en pointant la valise.

Mary-Love secoua la tête.

« Bray, poursuivit-elle, va chez Madame Driver et trouve-toi quelque chose à manger. Je dirai à Mademoiselle Elinor que tu as fait de ton mieux.

— Oh, merci, m'dame Caskey. Je veux surtout pas lui parler... »

S'éloignant de l'arbre contre lequel il s'était adossé, Bray remonta le chemin à la hâte. Les trois femmes baissèrent les yeux sur l'unique bagage d'Elinor Dammert – une valise en cuir noir avec des lanières courant tout autour –, puis elles se dirigèrent vers l'église.

Bien entendu, ça ne fit ni chaud ni froid à Mademoiselle Dammert que l'une de ses valises soit perdue. Elle n'incrimina pas Bray, ne sous-entendit pas qu'il ait pu la laisser tomber dans l'eau et menti ensuite ; ne soupçonna pas quelqu'un d'être passé après eux en canot pour la lui voler ; ne se désola pas pour la perte de la moitié du peu qu'elle avait sur cette terre.

« Mes livres étaient dedans, se contenta-t-elle de dire d'un ton presque enjoué. Et mon diplôme d'enseignante, et celui de Huntingdon. Tout comme mon certificat de naissance. Il faudra que je demande des duplicatas. Ce qui va prendre du temps, non ? », demanda-t-elle à Sister, qui lui confirma que ce serait le cas.

« J'aimerais me laver et me changer, annonça alors Elinor.

— Il n'y a pas d'endroit pour ça, ici. Nous tirons de l'eau d'un affluent.

— Bien sûr, répondit Elinor comme si les méandres du cours d'eau n'avaient aucun secret pour elle.

— L'affluent passe derrière l'église, précisa Caroline DeBordenave, comme si Elinor avait demandé une précision – ce qu'elle aurait dû faire. Impossible de le trouver à moins de savoir où regarder.

— Il n'a pas débordé ? demanda plutôt Elinor.

— Non, répondit Annie Bell Driver. Grâce au dénivelé, l'eau s'écoule directement vers Perdido. Ici, l'eau est pure et limpide.

— Bien. Je vais donc aller me laver », dit-elle en se levant.

Sister lui aurait volontiers indiqué la direction, mais Elinor lui assura qu'elle serait capable de la trouver toute seule. Avançant silencieusement parmi les enfants assoupis, elle sortit par la porte de derrière, sa valise noire à la main.

Manda, Mary-Love et Caroline fondirent sur Sister.

« Qu'est-ce qu'elle a dit ? demanda Manda, en prenant la parole pour ses amies.

— Rien, répondit Sister, comprenant dans un sursaut de honte qu'elle avait failli à la mission que, de toute évidence, les trois femmes considéraient comme lui étant dévolue. Je lui ai parlé de l'école et de Perdido. Elle m'a posé des questions sur la crue, et puis sur les scieries et qui était qui, enfin, vous voyez.

— D'accord, mais *toi*, qu'est-ce que tu lui as demandé ? insista Caroline.

— Je lui ai demandé si elle avait eu peur de se noyer.

— De se noyer ? s'exaspéra Mary-Love. Sister, tu n'es pas croyable !

— Se noyer dans l'*Osceola* », répondit Sister sur la défensive. Elle était assise à l'extrémité d'un banc et les trois femmes, debout, lui faisaient face. « Elle a dit qu'elle n'avait pas eu peur, même pas un peu... et que jamais elle ne périrait noyée.

— C'est *tout* ce que tu as trouvé sur elle ?! s'écria Manda.

— C'est tout, admit Sister en se raidissant. Qu'est-ce que j'étais censée découvrir d'autre ? Personne ne m'a dit...

— Tu étais censée *tout* découvrir, assena sa mère.

— Tu ne vois pas, Sister ? dit Caroline DeBordenave, secouant lentement la tête.

— Voir quoi ?

— Qu'il y a quelque chose d'étrange.

— Quelque chose qui ne va pas du tout, ajouta Manda.

— Non, je ne vois pas !

— Eh bien, tu devrais, intervint Mary-Love. Regarde ses cheveux ! Tu as déjà vu des cheveux de cette couleur ? On les croirait teints par la Perdido... Voilà ce que je vois, moi ! »

Annie Bell Driver n'ignorait rien de ce qui se passait. Elle avait vu les trois femmes les plus riches de la ville entourer Bray et lui faire subir un interrogatoire au sujet du bagage qu'il portait, puis elle les avait vues diriger leurs questions sur la pauvre et faible Sister. Elle connaissait la nature de ces questions. Pendant que Sister tentait en vain de justifier, par un souci de discrétion, le fait qu'elle n'ait rien appris de substantiel, elle se faufila à son tour par la porte de derrière. Guidée par un motif qui n'était pas aussi clair que la simple curiosité, elle descendit avec précaution la pente abrupte couverte d'aiguilles de pin, s'agrippant d'un résineux à l'autre pour garder l'équilibre. Ici, la vapeur montait de partout – du sol, des broussailles, des branches, et presque, eût-on dit, de la rivière elle-même.

Là où se trouvait l'étroit affluent, le courant était peu profond, clair et rapide, contrairement aux eaux de la Blackwater et de la Perdido, abyssales, sombres et puissantes. Il sinuait à travers la forêt, suivant un tracé qui semblait changer chaque année. Déchirant le tapis d'aiguilles pour mettre à nu la couche de terre meuble qui se trouvait dessous, il creusait des cavités dans la roche et régurgitait sable et cailloux en minuscules îlots.

Se tenant au bord – le cours d'eau était trop capricieux pour qu'une berge digne de ce nom puisse se former –, Annie Bell examinait la rive en amont et en aval. Une trentaine de mètres plus haut, l'affluent faisait un coude, et un autre à une dizaine de mètres à l'opposé. Aucune trace de la jeune femme aux cheveux rouges. Annie Bell hésitait entre remonter, redescendre le cours d'eau ou retourner à l'église afin de laisser son intimité à la jeune femme. Lors de ces quatre jours passés dans un hôtel à moitié inondé, elle n'avait pas dû avoir beaucoup l'occasion de se laver sinon dans l'eau de la crue – une solution qui était loin d'en être une, puisqu'elle salissait plus qu'elle ne nettoyait, et était franchement insalubre.

Annie Bell se décida pour l'aval. Ce n'est qu'en passant le coude qu'elle aperçut la valise d'Elinor sur la rive opposée. Elle ne l'avait pas remarquée plus tôt car elle se fondait parfaitement dans la végétation luxuriante.

Il lui vint soudain à l'esprit que la jeune femme, ayant pourtant survécu à l'inondation de la Perdido et de la Blackwater, avait pu se noyer dans ce minuscule affluent anonyme ; encore que, pour cela, il aurait fallu trouver un endroit où l'eau soit assez profonde pour y plonger la tête, ce qui, dans cette zone, était plutôt rare. En fait, le cours d'eau était tellement sûr qu'Annie Bell n'avait même jamais interdit aux enfants d'y jouer. Il était trop peu profond pour qu'ils puissent y perdre pied, et trop rapide pour que les serpents ou les sangsues y élisent domicile.

Mais si sa valise se trouvait là, et qu'elle ne pouvait pas s'être noyée, alors où était-elle ?

Descendant de deux pas en se retenant à la branche d'un pin, Annie Bell s'apprêtait à enjamber une petite mare boueuse lorsqu'elle se figea. Son pied retomba et s'enfonça dans la vase jusqu'à ce que la boue s'infiltre par les œillets de ses bottines.

Sous l'eau, dans une petite fosse qui paraissait avoir été creusée pour son corps, Elinor Dammert reposait, totalement nue. Parfaitement immobile, chacune de ses mains était agrippée à une touffe d'herbes aquatiques.

« Dieu Tout-Puissant ! s'exclama Annie Bell. Elle s'est noyée ! »

Elle regarda plus attentivement. Bien que l'eau soit limpide et seulement assez profonde pour immerger un corps, elle avait produit une sorte d'illusion d'optique : vue à travers le courant, la peau de Mademoiselle Elinor paraissait différente, verdâtre, épaisse, presque comme si elle était faite d'une sorte de cuir – alors que sa peau, Annie Bell l'avait bien remarqué auparavant, était d'une blancheur d'albâtre. De plus, alors que la femme pasteur scrutait la forme sous l'eau, le visage immergé parut subir une transformation, pour se distordre. Ses traits, qui avaient été séduisants, fins et délicats, étaient à présent épais, aplatis et grossiers. La bouche s'étirait démesurément au point que les lèvres avaient disparu. Sous leurs paupières closes, les yeux étaient pareils à de larges dômes circulaires. Les paupières elles-mêmes étaient presque translucides, et la pupille barrait d'une fente noire l'énorme œil tel un équateur qu'on aurait dessiné à la verticale sur un globe terrestre.

Elle n'était pas morte.

Les paupières fines et étirées qui recouvraient les dômes protubérants s'écartèrent lentement et deux yeux immenses – de la taille d'œufs de poule, pensa follement Annie Bell – se posèrent depuis le fond de l'eau sur ceux de la femme pasteur.

Elle eut un geste de recul et heurta un tronc. La branche au-dessus de sa tête, à laquelle elle se retenait, cassa.

Elinor émergea. La transformation physique qu'elle semblait avoir subie dans le courant parut se maintenir un instant, et Annie Bell se retrouva à fixer une vaste créature gris-vert informe dotée d'un corps mou et d'une tête énorme aux yeux froids et perçants. Les pupilles étaient aussi fines que des lignes. Puis, avant même que l'eau n'ait commencé à goutter de son corps pour retourner à l'affluent, Elinor Dammert se tenait devant elle, un sourire penaud et les joues rouges d'avoir été surprise ainsi, dans le plus simple appareil.

Annie Bell en eut le souffle coupé, sa tête se mit à tourner.

« Je ne me sens pas très bien, dit-elle en haletant.

— Madame Driver ! s'écria Elinor. Est-ce que ça va ? »

Ses cheveux paraissaient avoir été rincés de leur boue. Ils étaient désormais d'un rouge sombre et intense – de la couleur d'un banc d'argile sous l'éclatant soleil qui suit un orage de juillet –, personne à Perdido ne connaissait rien qui soit plus rouge que *ça*.

« Je vais bien… répondit faiblement Annie Bell. Mais, jeune fille, vous m'avez fait une peur bleue ! Que faisiez-vous sous l'eau ?

— Oh, dit Elinor d'une voix légère, chantante. Après une crue, il n'y a pas de moyen plus efficace pour se laver, croyez-moi Madame Driver ! »

Elle fit un pas en direction de la rive où sa valise était posée, et si Annie Bell n'avait pas été prise d'un tel tournis, elle aurait pu constater que le pied soulevé hors de l'eau par Mademoiselle Elinor n'était pas aussi blanc et menu que celui qui reposait déjà sur le sable, mais paraissait totalement différent ; large, plat, gris et comme palmé.

« Oh, c'était juste un effet de l'eau ! », pensa Annie Bell en fermant très fort les yeux.

LES EAUX SE RETIRENT

James Caskey, oncle d'Oscar et beau-frère de Mary-Love, était un homme discret, sensible et délicat que les tracas assaillaient facilement et durablement. Il était mince – osseux, disaient certains –, doux et assez riche, du moins selon les critères d'un comté déjà défavorisé au sein d'un État lui-même pauvre. Il était malheureux dans son mariage, mais au grand soulagement de Perdido, son épouse Genevieve vivait la majeure partie du temps à Nashville auprès de sa sœur, mariée elle aussi. James avait une fille de six ans, Grace. Bien qu'il ait femme et enfant, James avait pourtant la réputation d'être marqué du « sceau de la féminité ». Il vivait dans la maison que son père, Roland Caskey, avait fait bâtir en 1865. Cette demeure, l'une des premières à avoir été érigées à Perdido, était, selon les standards actuels, de taille modeste : construite de plain-pied, elle était uniquement composée de deux salons, d'une salle à manger et de trois chambres. La cuisine, à l'origine séparée du reste de la maison, y avait été rattachée par une longue annexe qui comprenait une nursery, un atelier de couture et deux salles de bains. Les larges pièces carrées, à l'ancienne, étaient dotées de hauts plafonds, de cheminées en brique et d'un lambris en bois sombre, mais, en femme de goût, Elvennia Caskey, la mère de James, avait meublé chacune avec soin. À présent, il se demandait ce qu'il en restait après une semaine passée sous les eaux boueuses de la Perdido. Lorsque Bray lui avait fait traverser la ville en canot, il n'avait localisé sa maison qu'en voyant la demeure voisine de sa belle-sœur – qui avait un étage –, et la cheminée en brique de la cuisine, plus haute que celles des deux salons.

James, malgré l'amour qu'il portait au mobilier de sa mère, et de façon générale à tout ce qui lui avait appartenu de près ou de loin, ne s'était que peu inquiété pour le contenu de sa maison. Il n'avait fait que penser à la scierie, dont la fermeture, qu'elle soit temporaire ou définitive, allait avoir un impact sur la communauté tout entière. La scierie Caskey dont il était propriétaire avec Mary-Love, et qu'il dirigeait avec son neveu Oscar, employait trois cent trente-neuf hommes et vingt-deux femmes, blancs comme noirs, âgés de sept à quatre-vingt-un ans – ces deux-là, un arrière-petit-fils et son arrière-grand-père, dessinaient au pochoir le trèfle des Caskey sur les planches des bois nobles de la société : le pacanier, le chêne, le cyprès et le cèdre. Inquiet pour l'avenir de ses employés si l'activité ne reprenait pas au plus vite, James Caskey s'était fait conduire à la scierie afin d'évaluer l'étendue des dégâts.

Sa silhouette frêle le faisait passer pour un homme chétif, une impression accentuée par ses gestes lents et réfléchis – autant que le permettait son corps enclin à la nervosité – qui n'étaient pas sans une certaine grâce nonchalante. Il n'avait, en vérité, jamais beaucoup fréquenté les bois leur appartenant, et on le soupçonnait de ne pas connaître les arbres aussi bien qu'un Caskey l'aurait dû. Chacun était au courant de son aversion pour les promenades en forêt, où il risquait de salir ses bottes, déchirer son pantalon sur les ronces ou croiser des serpents à sonnettes ; néanmoins, il excellait dans le travail de bureau et n'avait pas son pareil pour rédiger d'avantageux contrats et d'habiles courriers. Lorsque la ville avait demandé à siéger à la législature d'État, James Caskey avait représenté Perdido face à la commission où, après un discours des plus convaincants, tous s'étaient étonné qu'il n'ait jamais fait carrière en politique.

Son inspection de la scierie lui révéla que les entrepôts étaient dans un état déplorable. Même ceux qui étaient restés fermés étaient fichus ; le bois avait gonflé et s'était déformé à cause de l'eau.

Et les troncs seulement abrités avaient flotté et dérivé Dieu sait où. Des stocks, il ne restait rien. Les bureaux aussi étaient dévastés. Heureusement, James avait eu la présence d'esprit de charger deux remorques avec les dossiers en cours et certaines archives, qu'il avait ensuite envoyées vers les hauteurs. Ces documents reposaient à présent sous le foin, dans l'étable d'un cultivateur de pommes de terre, mais les archives d'avant 1895 étaient définitivement perdues. Tom DeBordenave, lui, était dans une situation plus périlleuse, car il avait choisi de sauver son bois plutôt que ses papiers ; le bois était perdu, la grange dans laquelle il l'avait stocké ayant été emportée par la crue. Il ne restait désormais aucune trace de ses factures, de ses commandes, ni même des adresses de ses meilleurs clients.

Après deux heures à naviguer inutilement autour des bâtiments et à prodiguer des paroles de réconfort à Tom DeBordenave, qui examinait sa propre scierie voisine depuis un second petit canot, James se fit mener à sa maison submergée, puis au chemin forestier qui conduisait à l'église Zion Grace. Bray, bien entendu, lui avait tout raconté de l'étrange apparition d'une jeune femme aux cheveux roux à l'hôtel *Osceola*, histoire dont lui avait déjà fait part son neveu. Aussi, James ne cachait-il pas sa curiosité à la perspective de la rencontrer. La crue étant le seul sujet de conversation ces derniers jours, il se réjouissait d'entendre quelque chose de nouveau et sans aucun rapport avec l'eau.

Il savait que Mademoiselle Elinor avait passé la nuit à l'église, Bray lui ayant confié être allé récupérer un matelas supplémentaire chez Annie Bell Driver. James Caskey espérait qu'à son arrivée Elinor serait assise sur le perron de Zion Grace, ça lui éviterait d'avoir à aller chercher Mary-Love, Sister ou sa fille Grace à l'intérieur, et de subtilement devoir les amener à lui présenter la jeune rescapée.

Bray amarra le canot à la racine émergée d'un arbre désormais au niveau des flots ; l'eau avait baissé au point qu'en débarquant sur la terre ferme, la maison de Mary-Love était encore à portée de vue aux abords de la ville. Les deux hommes traversèrent ensuite d'un pas pressé la forêt humide et foisonnante.

Après avoir gardé le silence pendant quelques minutes, Bray, qui suivait l'ornière laissée par une roue de chariot alors que James suivait l'autre, se risqua à conseiller à Monsieur James que ce serait peut-être bien de « laisser la dame tranquille ».

« Pourquoi dis-tu ça ? demanda James avec curiosité.

— Je dis ça parce que je sais c'que je dis.

— Bray, répondit James en haussant les épaules, je ne comprends absolument rien à ce que tu racontes.

— Mais moi je sais, m'sieur James ! », s'écria Bray en se gardant cependant d'entrer dans les détails, pour la simple et bonne raison qu'il n'en avait pas.

James ne comptait certainement pas lui en demander. Aussi, Bray garda-t-il pour lui ses soupçons, non seulement parce qu'ils étaient vagues, mais également parce que si Elinor se révélait n'être rien d'autre que ce qu'elle prétendait, les retombées pourraient être fâcheuses pour lui.

Comparée à toute l'eau glacée qui avait défilé sous la coque de son canot, la forêt semblait à Bray un lieu chaleureux, sec et sûr. James Caskey marchait le sourire aux lèvres, tournant parfois vivement la tête au chant d'une caille, dans le vain espoir de l'apercevoir.

« La v'là… », dit Bray dans un murmure rauque lorsqu'ils arrivèrent en vue de Zion Grace.

Elinor Dammert était en effet assise sur les marches de l'église, Grace blottie sur les genoux – presque comme si la jeune femme avait attendu leur arrivée et avait accaparé la fille de James pour faciliter leur rencontre.

Après avoir été remercié pour sa peine, Bray fila en direction de la maison des Driver, tandis que James s'avança vers l'église et se présenta à Elinor.

« Vous n'avez pas choisi le meilleur moment pour visiter Perdido, remarqua-t-il. Nous ne pourrons vous offrir qu'une piètre hospitalité.

—Il y a des choses pires qu'un peu d'eau, sourit Elinor.

—Cette enfant vous embête-t-elle ? Grace, est-ce que tu embêtes Mademoiselle Elinor ?

—Pas du tout, répondit Elinor. Grace et moi, nous nous apprécions déjà beaucoup. »

À ces mots, la petite fille enlaça la jeune femme afin de montrer à son père à quel point c'était le cas.

« Oscar m'a dit que vous aviez perdu tout votre argent dans l'inondation.

—C'est exact. Je l'avais rangé dans ma valise, avec mes diplômes et mes lettres de recommandation.

—Je suis vraiment navré pour vous. C'est la faute de Bray. Le moins que nous puissions faire c'est de vous mettre à bord du train pour Montgomery.

—Montgomery ?

—N'est-ce pas de là que vous venez ?

—Je suis allée à l'école là-bas, à Huntingdon. Mais je suis originaire de Wade, dans le comté de Fayette.

—Alors nous vous mettrons dans le train pour Wade, conclut James en souriant. Grace, tu n'embrasses pas ton père ? ajouta-t-il en écartant les bras dans un sursaut nerveux qui aurait dissuadé n'importe quel enfant.

—Non ! cria la petite fille, s'accrochant plus fermement encore à Elinor.

— Vous devez penser que j'ai un endroit où aller, poursuivit Elinor par-dessus l'épaule de Grace.

— Pas à Wade ?

— C'est de là que vient ma famille. Mais ils sont tous morts, répondit Elinor en serrant l'enfant dans ses bras.

— Je suis désolé. Qu'allez-vous faire ? demanda James avec sollicitude.

— Je suis venue à Perdido car j'ai entendu dire qu'il y avait un poste à l'école. Si c'est bien le cas, je compte m'installer ici et enseigner.

— Tu sais à qui il faut poser la question, hein ? dit Grace depuis les bras d'Elinor.

— À qui faut-il poser la question, Grace ? demanda James.

— À toi ! », s'exclama la fillette. Puis, se tournant vers Elinor : « Papa est le chef de l'école.

— C'est vrai, du conseil académique. C'est donc à moi qu'il faut s'adresser.

— C'est ce que je vais faire, alors. J'ai entendu qu'un poste s'était libéré.

— Ce n'était pas vrai, du moins pas avant la crue.

— Que voulez-vous dire ?

— Edna McGhee enseignait aux cours moyens – depuis environ six ans, il me semble – mais elle m'a annoncé avant-hier qu'elle et son mari Byrl déménageaient avant qu'une autre crue ne survienne et les emporte jusqu'à Pensacola, perchés sur leur causeuse. Donc, si Edna et Byrl quittent la ville comme ils l'ont annoncé, nous n'avons personne pour la remplacer.

— À part moi. Et je serais ravie de reprendre son poste. Mais gardez à l'esprit, Monsieur Caskey, que tous mes diplômes ont disparu.

— Oh, répondit James en souriant, c'est nous qui sommes responsables de ça. Pas vrai, Grace ? »

Grace hocha vigoureusement la tête et se jeta au cou d'Elinor.

James resta encore une heure à l'église, où il ne rapporta que brièvement à Mary-Love l'état de la scierie, mais conversa bien plus longuement et avec un plaisir évident, avec Mademoiselle Elinor, laquelle refusa *catégoriquement* de poser la pauvre petite Grace. Il ne prit congé, non sans rechigner, que lorsque Tom DeBordenave et Henry Turk le firent chercher. Les trois propriétaires devaient s'entretenir d'urgence à propos des moyens à mettre en œuvre pour sauver leurs scieries. Mary-Love dit à Sister combien elle était scandalisée qu'à son départ, quand il avait enfin consenti à partir, James ait confié la fillette aux soins d'une inconnue aux cheveux roux alors que sa belle-sœur et sa nièce étaient là, pile devant lui !

« Maman, répliqua Sister, regarde Grace, elle refuse de lâcher Mademoiselle Elinor ! Mademoiselle Elinor s'est fait une amie ! »

Mary-Love, qui ce matin-là et la veille n'avait montré aucune envie de se lier d'amitié avec Elinor, répugnait désormais à simplement lui parler – elle aurait volontiers obligé Sister à agir de même, mais le désir de soutirer à la nouvelle venue des renseignements sur son passé et ses intentions était trop fort. Lorsque Sister l'avait informée que James comptait obtenir à Elinor un poste à l'école – une nouvelle glanée à un coin de l'église et transmise à l'autre –, Mary-Love poussa un profond soupir et s'affaissa sur le banc, arborant l'expression et l'attitude du boxeur qui, d'une seule frappe impitoyable, vient d'être mis k.-o.

« Oh Sister, marmonna-t-elle d'une voix plaintive. Je savais qu'elle y arriverait...

— Arriverait à quoi maman ?

— À s'immiscer parmi nous. À creuser son trou. À s'enfouir dans la boue de Perdido jusqu'à ce que dix-sept hommes tirant sur une corde nouée autour de son cou – ce qui serait une bonne chose – soient incapables de l'en sortir.

— Maman ! protesta Sister en tournant la tête vers l'endroit où Elinor, modestement assise, discutait avec Annie Bell Driver, la petite Grace toujours sur les genoux. Je te trouve dure avec elle. Je ne pense pas qu'elle mérite un tel traitement !

— Attends de voir, ma fille. Attends de voir, nous en reparlerons dans six mois. »

Ce soir-là – relativement tôt, car il y avait tant de choses à faire durant la journée qui ne pouvaient se poursuivre la nuit venue que tout le monde se couchait dès le crépuscule –, Oscar Caskey et son oncle James étaient étendus côte à côte dans le lit ordinairement occupé par Annie Bell Driver et son insignifiant époux. Leur maison était pleine à craquer d'hommes, noirs comme blancs, riches comme pauvres, vieux comme jeunes (bien que les plus jeunes dorment avec leur mère dans l'église), aussi chaque chambre était-elle envahie de matelas et de ronflements.

Deux des fils d'Annie Bell dormaient en respirant bruyamment par la bouche au pied du lit de leurs parents, si bien que quand Oscar, redressé sur un coude, s'adressa à son oncle, ce fut dans un chuchotement.

« Qu'est-ce que tu vas faire au sujet de Mademoiselle Elinor ? demanda-t-il. Maman m'a dit que tu avais passé la matinée avec elle. Elle a précisé la matinée *entière*.

— C'est une femme bien, se défendit James. Et puis, j'ai de la peine pour elle. Enfermée dans l'*Osceola*, sa valise perdue, sans argent, sans diplômes, sans papiers, sans travail, sans endroit où aller. Elle est dans la même situation que n'importe lequel d'entre nous... voire pire, en vérité !

— Je sais, dit doucement Oscar. Je ne comprends pas pourquoi maman l'a prise en grippe. Ça complique les choses.

— Mary-Love s'oppose à ce que je fasse quoi que ce soit, confirma James en tapotant d'un doigt osseux l'oreiller, tout près du nez d'Oscar. Elle s'oppose même à ce que je lui adresse la parole.

— Mais tu vas néanmoins l'aider, James, n'est-ce pas ?

— Bien sûr que je vais l'aider ! Je vais lui trouver un poste. Elle enseignera en septembre. En fait, il se peut même qu'elle doive commencer dès que l'école rouvrira, parce que je doute que Byrl et Edna McGhee se donnent même la peine de déblayer leur maison, bien qu'il ne doive pas y avoir plus de cinquante centimètres de boue dans leur cuisine. S'ils quittent la ville – la famille d'Edna est prête à les accueillir à Tallahassee –, alors Mademoiselle Elinor pourra commencer dès que possible.

— Tout ça, c'est très bien, fit Oscar en admirant la lune se lever par-dessus l'épaule de son oncle. Mais où va-t-elle habiter ? Elle ne peut pas retourner à l'*Osceola*, ils font payer deux dollars la nuit. Une institutrice ne gagne pas autant, pas si elle veut pouvoir manger aussi.

— J'y ai déjà réfléchi, Oscar. Et j'ai décidé qu'elle allait venir vivre avec Grace et moi.

— Quoi ?! s'exclama Oscar, si fort que les fils Driver cessèrent de ronfler comme pour mieux écouter la conversation, ou peut-être pour incorporer ce cri de surprise à leurs rêves. Quoi ? répéta Oscar d'une voix plus calme lorsque les ronflements reprirent.

— Enfin, quand on aura fait nettoyer la maison, poursuivit James. Grace est déjà folle de Mademoiselle Elinor alors qu'elle ne la connaît que depuis hier.

— Elle va habiter avec vous !

— On a bien assez de place.

— Mais James, tu as pensé à Genevieve ? Tu imagines sa réaction quand elle reviendra de Nashville et qu'elle verra Elinor assise sous son porche avec Grace sur les genoux ? »

Sans répondre, James Caskey tourna le dos à son neveu.

« Qu'est-ce que tu vas dire à Genevieve ? insista Oscar en chuchotant. Et qu'est-ce que tu vas dire à maman ?

— Seigneur, souffla James au bout d'un moment en étirant ses pieds contre les barreaux de fer du lit. Tu n'es pas épuisé ? Moi, je suis lessivé. Si je ne dors pas maintenant, je serai incapable de me lever demain… »

Pour Pâques, le soleil brilla toute la journée ainsi que les trois jours qui suivirent. Les eaux de la crue s'évaporèrent, s'écoulèrent jusqu'au golfe du

Mexique ou s'infiltrèrent dans la terre détrempée.

Redescendant des hauteurs, les habitants regagnèrent la ville et se frayèrent un chemin jusqu'à leur porte, où ils découvrirent que la boue avait envahi leurs maisons et que leurs meubles les plus lourds et inestimables avaient flotté jusqu'au plafond avant de se retrouver, une fois l'eau redescendue, éparpillés en morceaux sur le sol. Le mortier des fondations s'était effrité, et chaque planche restée immergée avait gondolé. Les porches s'étaient affaissés. Dans toutes les cours, les pattes rigides des veaux et des cochons ensevelis saillaient de la gadoue. Les escaliers étaient jonchés de cadavres de poulets. Des machines de toutes sortes étaient obstruées par la vase, et même après en avoir confié le minutieux nettoyage à de petites Noires, la boue ne partit jamais complètement. Barils d'essence et bonbonnes de gaz avaient dérivé des entrepôts et fracassé les fenêtres des maisons, comme pour causer le plus de dégâts possible. La moitié des vitraux des églises étaient brisés. Des piles de missels sur leurs pupitres avaient tant pris l'eau qu'en gonflant ils avaient fissuré le bois. À l'intérieur de l'église méthodiste, les tuyaux du nouvel orgue étaient bouchés. Les réserves des boutiques sur Palafox Street furent détruites. Pas un endroit en ville qui n'empestait la rivière et les choses crevées, la nourriture avariée, les vêtements décomposés et le bois pourri.

Arrivées peu avant la décrue, la Garde nationale et la Croix-Rouge distribuèrent couvertures, conserves de porc et de haricots, journaux et médicaments aux campements qui entouraient la ville. La Garde nationale resta sur place une semaine supplémentaire pour aider les ouvriers dans les scieries à enlever les plus gros décombres. James Caskey, Tom DeBordenave et Henry Turk évaluèrent leurs pertes à plus de trois mille cinq cents stères de bois – qu'il soit inutilisable à cause de l'eau, qu'il ait dérivé jusqu'au golfe, ou qu'il se soit simplement échoué et pourrisse dans les forêts autour de Perdido, désormais transformée en marais.

La zone la plus durement touchée fut Baptist Bottom. La moitié des habitations avait été emportée ; celles qui restaient étaient sévèrement endommagées. Les Noirs qui y résidaient et qui, déjà avant la crue, ne possédaient pas grand-chose, se retrouvèrent sans rien. Ils furent les premiers à qui l'on porta secours. Plutôt que de superviser le nettoyage de leurs propres maisons, Mary-Love, Sister, Caroline DeBordenave et Manda Turk passèrent leurs journées à l'église baptiste Bethel Rest à distribuer du riz et des pêches aux enfants.

Bien qu'ayant subi les assauts de l'eau, les habitations des ouvriers étaient pour la plupart intactes. Ceux qui s'en sortaient le mieux étaient les commerçants, les dentistes ou les jeunes avocats, car leurs maisons avaient été bâties au plus haut de Perdido, aussi certaines réchappèrent-elles au sinistre avec moins de vingt centimètres d'eau sur leurs tapis – pas même de quoi abîmer leurs escaliers.

Situées sur les rives de la Perdido, les demeures des propriétaires des scieries furent bien évidemment endommagées, mais les eaux n'ayant dépassé l'étage que de quelques centimètres, la plupart du mobilier qui y avait été entreposé fut épargné. Néanmoins, la maison de plain-pied de James Caskey semblait irrémédiablement perdue. Bâtie plus près du bord que les autres, qui plus est dans une légère dépression, elle était restée inondée plus longtemps que n'importe quel autre bâtiment de la ville. Ce fut la première à avoir été submergée, et la dernière à sécher.

Les écoles, construites le long de la rivière au sud de l'*Osceola*, furent elles aussi touchées, et l'année scolaire dut être suspendue jusqu'à la rentrée suivante, alors qu'il restait encore un mois de classe avant les vacances d'été. Inopinément libérés de leurs devoirs, les enfants se virent aussitôt confier seaux et balais, et participèrent comme tout le monde à la remise en état de l'école. Ainsi, même si Edna McGhee et son époux avaient effectivement quitté la ville et envoyé des cartes postales de Tallahassee, Elinor ne prit son poste qu'après l'été. Sur la recommandation de James, le conseil académique avait voté sa nomination à l'unanimité. Ils n'avaient même pas pris la peine de demander une copie de son diplôme à la faculté de Huntingdon. Après tout, c'était plus ou moins leur responsabilité si les affaires de la jeune femme avaient disparu dans l'inondation. Le conseil estima que ce serait déplacé de réclamer ce que Perdido lui avait volé.

Dans les mois qui suivirent, on comprit que, quels que soient les efforts déployés, tout ne pouvait pas être remis en état. Par exemple, laver les conserves à grande eau n'empêchait pas de contracter le botulisme – la Croix-Rouge avait prévenu les habitants –, et les stocks de deux magasins et d'une épicerie durent être jetés, alors même que la nourriture manquait. D'immenses piles de planches inutilisables provenant des trois scieries furent traînées jusqu'au marais de cyprès à une dizaine de kilomètres au nord-est de Perdido, là où la Blackwater prenait sa source. Abandonnées pour pourrir loin de tout, on découvrirait toutefois à l'automne suivant qu'elles avaient été laborieusement ramenées en ville pour reconstruire Baptist Bottom, dont les cahutes, à cause du bois gondolé, semblèrent encore plus délabrées que jamais. Ruinés par la boue et impossibles à nettoyer, des tapis luxueux durent être jetés. L'humidité avait sérieusement endommagé les livres, documents et photographies – y compris ceux qui n'avaient pas été immergés –, et l'on ne conserva que les plus indispensables, comme les actes notariés à la mairie ou les ordonnances chez le pharmacien.

La crue, néanmoins, n'eut pas que des effets négatifs, dirait-on plus tard. Lorsqu'elle coupa l'approvisionnement en eau pendant plusieurs jours, les habitants prirent conscience que leur réseau de distribution était inadapté et votèrent aussitôt le déblocage de quarante mille dollars afin de construire une nouvelle station de pompage sur deux hectares de terrain proches de Perdido qui, pour autant, n'avaient pas été submergés. Les jardins et les rues ayant presque tous été dévastés, il parut également nécessaire d'installer un système d'évacuation moderne. C'est ainsi qu'avec de l'argent emprunté aux propriétaires des scieries, des canalisations souterraines furent posées dans toute la ville. Même Baptist Bottom profita de ces avancées, et, pour la première fois, des lampadaires illuminèrent les frêles toits en tôle.

Perdido ne put compter que sur elle-même, et ce, malgré les efforts du législateur du comté de Baldwin qui tenta, sans succès, de lever des fonds auprès de la ville de Montgomery ou auprès de plusieurs compagnies du Massachusetts et de Pennsylvanie ayant passé commande aux scieries et qui apprirent à cette occasion l'étendue des retards. Même après que les flots se furent retirés, que le nouveau système d'évacuation eut été installé et que la station de pompage eut tiré l'eau la plus froide et la plus douce jamais bue par un habitant de la ville, Perdido mit des mois et des mois à se remettre des conséquences de la crue. La puanteur ne parut jamais entièrement s'en aller. Même une fois les maisons décrassées de la boue, les murs récurés, de nouveaux tapis étalés, du nouveau mobilier acheté et des rideaux accrochés; même lorsque tout ce qui avait été abîmé fut jeté et brûlé, que l'on débarrassa les jardins des branches et autres carcasses pourrissantes, et que l'herbe eut commencé à repousser, la ville, aux aguets le soir venu, découvrait que sous le parfum de jasmin et de rose, sous l'odeur du dîner sur le feu et l'amidon des chemises, elle empestait la crue. Ses relents avaient infiltré les poutres, les planches et les briques mêmes de chaque maison et de chaque bâtiment. De temps à autre, ce serait le sinistre rappel de la désolation qu'avait connue Perdido, désolation qui pouvait très bien s'abattre à nouveau.

LES CHÊNES D'EAU

Au cours des cinq jours qu'Elinor avait passés à l'église Zion Grace, elle s'était rendue aussi utile que possible ; elle avait surveillé les enfants, préparé quelques repas, nettoyé l'église et lavé les draps, sans jamais émettre la moindre objection. Elle suscitait désormais l'admiration de tous, excepté de Mary-Love, dont l'antipathie pour elle était même devenue un sujet de commérage. Faute de meilleure raison, on attribua cette hostilité à un orgueil familial : Elinor ayant gagné l'affection de Grace et l'estime de James, on supposa que Mary-Love voyait en elle un élément dangereusement perturbateur pour son clan. Si c'était certes la plus logique des possibilités, ça n'en restait pas moins qu'une hypothèse ; la vraie raison se trouvait peut-être ailleurs. Personne ne songea à demander directement à Mary-Love pourquoi elle détestait Elinor ; elle-même aurait eu bien du mal à répondre. Car, en vérité, elle n'en savait rien. C'était, pensait-elle confusément, à cause de ses cheveux roux – ce qui signifiait : son apparence, son maintien, la façon dont elle parlait, prenait Grace dans ses bras, discutait amicalement avec Annie Bell Driver et avait même appris à distinguer Roland, Oland et Poland Driver, les trois insignifiants garçons de la femme pasteur. Qui diable y était déjà parvenu ? Une telle dépense d'énergie auprès d'une communauté étrangère semblait cacher un but précis – et dans ce cas, quel but Mademoiselle Elinor poursuivait-elle ?

« J'ai de la peine pour cette enfant », dit Mary-Love avec emphase tandis que, Sister à ses côtés, elle se balançait sur son siège à bascule sous le porche de sa maison en scrutant, par-delà les camélias fanés, la maison de James, où Elinor venait d'apparaître à une fenêtre.

Mary-Love et Sister avaient beau être revenues chez elles depuis presque deux semaines, la puanteur de la crue ne s'était pas encore dissipée.

« Quelle enfant, maman ? demanda Sister qui brodait une taie d'oreiller avec du fil vert et jaune – tant de parures de lit avaient dû être jetées.

— Voyons, la petite Grace ! Ta cousine !

— Pourquoi tu t'inquiètes pour elle ? Tant que Genevieve n'est pas dans les parages, elle se porte à merveille.

— C'est exactement où je veux en venir. Je suis soulagée de constater que James s'est enfin résolu à se débarrasser de cette femme. D'ailleurs, il n'aurait jamais dû se marier tout court, il n'est pas fait pour ça, il aurait dû le savoir – comme le reste de la ville le sait déjà. Pas un habitant de Perdido qui ne soit tombé de sa chaise – oh oui, de stupéfaction ! – lorsqu'il est revenu avec une épouse à son bras. Quelquefois, je me dis que James a dû être malin et qu'il a signé un contrat avec Genevieve pour qu'elle vienne ici, tombe enceinte, lui laisse une petite fille et reparte à jamais. Je ne serais pas surprise si tous les mois il envoyait un chèque au magasin de spiritueux de Nashville pour que Genevieve puisse s'approvisionner sans problème. Avec un crédit illimité chez un revendeur d'eau-de-vie, cette femme s'accommoderait même de Moose Paw, dans la Saskatchewan !

— Maman, je n'ai jamais entendu parler d'un tel endroit », répondit patiemment Sister.

Mère et fille avaient pour habitude d'adopter des tons contradictoires à chacun de leurs échanges : lorsque Mary-Love était excitée, Sister gardait son calme. Quand Sister s'indignait, Mary-Love se faisait conciliante. Cette dynamique s'était développée au fil des années et leur était devenue si naturelle qu'elles s'y soumettaient sans y penser.

« Je viens de l'inventer. Mais ça ne change rien, James s'est bel et bien débarrassé de cette femme

– on ignore comment, on lui en est juste reconnaissantes – mais que fait-il à la première occasion ?

— Oui, que fait-il ?

— Il en prend une autre aussi ignoble !

— Tu parles de Mademoiselle Elinor ? demanda Sister d'un ton qui suggérait une comparaison injustifiée.

— Tu sais très bien de qui je parle. »

Le plancher en bois était si tordu que se balancer à un rythme régulier n'était plus aussi simple qu'avant. Grady Henderson avait commandé pour son épicerie fine un stock de bougies parfumées qu'il avait presque aussitôt vendu. L'une d'elles se consumait à présent sur une soucoupe posée au sol entre Mary-Love et Sister ; son odeur de vanille atténuait un peu la pestilence de la vase qui flottait autour de la maison. Bray et trois ouvriers de la scierie – qui n'avait pas encore redémarré – ratissaient consciencieusement la cour pour la débarrasser du dépôt laissé par la crue.

« Maman, ta voix porte… Il ne faudrait pas que Mademoiselle Elinor t'entende.

— Elle ne m'entendra pas, à moins d'être en train d'écouter à la fenêtre, rétorqua Mary-Love d'une voix encore plus forte. Et je ne serais pas surprise qu'elle le fasse !

— Maman, qu'est-ce qui te déplaît tant chez elle ? demanda Sister avec douceur. Moi, je l'aime bien. Pour être honnête, je ne vois aucune raison de ne pas l'apprécier.

— Moi, j'en vois. J'en vois même des tas », dit Mary-Love. Puis, après un silence : « Elle est rousse.

— Comme beaucoup de gens. Le petit McCall avec qui j'étais à l'école – tu t'en souviens ? – et qui est mort il y a deux ou trois ans à Verdun, il était roux. Tu m'as dit que tu l'appréciais.

— Sister, ça n'a rien à voir ! Tu as déjà vu une couleur pareille ? On dirait la boue de la Perdido. *Moi*, je n'ai jamais vu ça. Et puis, il n'y a pas que ça.

— Quoi, alors ?

— D'où est-ce qu'elle vient ? Pourquoi est-elle venue ici ? Qu'est-ce qu'elle veut ? Comment est-il possible que James l'invite sous son *propre toit* ? A-t-il déjà invité une jeune femme à sa table ?

— Bien sûr que non, maman. Mais Mademoiselle Elinor a déjà répondu à toutes ces questions. Oscar t'a tout dit. Elle est originaire du comté de Fayette, et elle est venue ici pour enseigner. Elle a entendu dire qu'un poste était libre.

— Sauf que c'était faux !

— Alors elle s'est trompée, maman. Mais maintenant il y en a un. Edna McGhee ne reviendra pas de Tallahassee, elle l'a écrit à ce qu'on m'a raconté.

— C'est *elle* qui a provoqué ça.

— Bien sûr que non, maman. Comment peux-tu dire une chose pareille ? C'est à cause de l'inondation. La montée des eaux a provoqué la fermeture de l'école. »

Mary-Love fronça les sourcils et se leva.

« Ça fait dix minutes que je ne l'ai pas vue. Je me demande ce qu'elle fait. Je parie qu'elle fouille les tiroirs !

— Elle aide à nettoyer. James m'a dit qu'il n'avait jamais vu quelqu'un travailler aussi dur dans une maison qui n'était pas la sienne. »

Mary-Love se rassit et se remit à tricoter avec fureur.

« Tu sais ce que je pense, Sister ? Je pense qu'elle va essayer de convaincre James de divorcer pour prendre la place de Genevieve. Voilà pourquoi elle se donne autant de mal là-dedans… Parce qu'elle croit que ça lui appartiendra un jour ! Un divorce ! Tu imagines ça, Sister ?

— Maman, tu ne supportes pas Genevieve.

— Quoi qu'il en soit, je ne crois pas que James devrait divorcer. Je crois que Genevieve devrait disparaître ou ne jamais revenir. Pourquoi James aurait-il besoin d'une épouse ? Il a déjà la petite Grace… C'est une enfant adorable ! Et puis il y a toi, moi et Oscar juste à côté. S'il me le permettait, je ferais couper tous ces buissons de camélias – de toute façon, ils sont presque morts –, comme ça il nous verrait chaque fois qu'il regarde par la fenêtre. Tu sais ce qui rend James vraiment heureux ? Acheter de l'argenterie. Je l'ai vu faire. S'il voit une pelle à gâteau qu'il n'a pas, son visage s'illumine. Un couteau à poisson ? Même chose, il rayonne.

Si on ajoute son travail à la scierie et sa fille à élever… Pourquoi diable aurait-il besoin d'une femme ? »

Curieusement, personne à Perdido ne commenta ni ne s'étonna que James Caskey, un homme riche, fort heureusement séparé de son épouse, invite une jeune et jolie femme, sans famille et sans le sou, à partager sa demeure. Les habitants de la ville voyaient les choses ainsi : une institutrice désireuse d'enseigner avait perdu dans la catastrophe son argent, ses diplômes et ses vêtements. Il lui fallait un endroit où loger jusqu'à ce que les choses aillent mieux. De son côté, James Caskey avait une grande maison dotée d'au moins deux chambres libres et une petite fille ayant un besoin urgent de quelqu'un pour l'éduquer. En outre, l'épouse officielle fichait Dieu sait quoi à Nashville, et il fallait bien à James quelqu'un avec qui discuter. En même temps, tout le monde était curieux de savoir ce que Genevieve dirait si elle savait. Elinor Dammert était intelligente ; un coup d'œil suffisait pour s'en rendre compte. Elle avait aussi probablement du caractère ; quiconque doté de cheveux d'une telle couleur en avait. Par contre, qu'Elinor Dammert soit ou non en mesure d'affronter Genevieve Caskey était une question à laquelle les âmes charitables ne souhaitaient pas avoir de réponse.

Les dégâts causés par l'inondation n'avaient pas seulement touché les animaux et les biens des hommes. Fleurs, buissons et arbres avaient péri par milliers, et l'on dut végétaliser à nouveau la ville entière. Le domaine Caskey essuya les plus importantes pertes. Tous les arbres avaient été déracinés. Morts aussi les lilas des Indes et les roses, les massifs de lis d'un jour, d'iris d'Allemagne et de jonquilles. Emportées les haies de lauriers-roses et de troènes, les variétés d'aubépine et de magnolia du Japon. Les parterres d'azalées qui ceignaient la maison avaient tenu, mais leurs fleurs étaient mortes. Les camélias paraissaient fanés, néanmoins Bray assura qu'ils avaient survécu et Mary-Love ne contesta pas son jugement – du moins, ne demanda-t-elle pas à les faire déterrer. Le gazon, sur lequel la rivière avait déposé près de vingt centimètres de boue, avait entièrement disparu. Tous les jours, Mary-Love et Sister espéraient en vain qu'un brin vert jaillisse.

Les jardins des DeBordenave et des Turk avaient également souffert, et eux aussi avaient été déblayés puis refleuris, mais la boue de la Perdido semblait avoir apporté de nombreux nutriments car leurs pelouses repoussèrent à vue d'œil, vertes et splendides, plus luxuriantes et fournies qu'elles ne l'avaient été auparavant. Mais, à côté, chez James ou Mary-Love, le jardin demeurait une étendue plane de boue sombre. Après quelques semaines, le soleil sécha le dépôt sombre, laissant une épaisse couche de sable sous laquelle reposait la terre rouge de la rivière. Sister en ramassa une poignée qu'elle laissa couler entre ses doigts. Mêlées au sable, se trouvaient les graines d'herbe que Bray semait chaque vendredi après-midi. L'état de ces pelouses était sujet à bavardage, car seul le terrain des Caskey subissait ce fléau de stérilité. La zone aride s'arrêtait au bout de leur propriété, le long d'une ligne parfaitement droite, limite au-delà de laquelle le gazon poussait normalement. À l'opposé, le sable s'étendait jusqu'à la bordure de la propriété de Mary-Love, à la limite de la ville, où commençait la forêt de pins avec son sous-bois dense et épineux. Fin juin, Mary-Love et James avaient abandonné tout espoir de voir l'herbe repousser un jour, si bien que Mary-Love avait engagé le petit Buster Sapp pour venir chaque matin à six heures trente dessiner au râteau des motifs sur le sable. À la fin de la journée, la majeure partie du travail soigneux de Buster avait été effacée sous les pas des domestiques, des visiteurs et des occupants, pourtant Buster renouvelait chaque jour ses ornements géométriques, apportant par cet artifice une texture à la propriété défigurée. Ce désert de sable – de plus de deux hectares – était une vision déprimante quand les beaux jardins et la pelouse qui jadis entouraient les bâtisses revenaient en mémoire. Seul le rigoureux travail artistique de Buster la rendait supportable. C'est pourquoi, malgré les qu'en-dira-t-on, il venait même le dimanche – pour le double du prix. Chacun s'habitua rapidement à se réveiller au son du crissement du râteau. Buster était un petit garçon chétif, calme et infiniment patient ; il œuvrait avec lenteur, produisant une carte improvisée de cercles concentriques et de spirales allongées. Il jouait de son outil à un rythme aussi obstiné et régulier que celui d'un pendule. C'est sans doute parce qu'il évoquait si parfaitement le temps qui passe que le bruit du râteau rappelait tant la mort.

Chaque matin à six heures, avant qu'il se mette au travail, la sœur de Buster lui préparait un petit déjeuner dans la cuisine de Mary-Love. Il finissait à dix heures, moment où la cuisinière de James, Roxie Welles, lui préparait un second en-cas. Le garçon prenait ensuite un oreiller et allait faire une sieste sur l'embarcadère jusqu'à ce que vienne l'heure du déjeuner. L'après-midi, il effectuait de menues courses pour chaque maison. Quelquefois, Mary-Love le payait, à d'autres moments, c'était Elinor – et parfois même, par inadvertance, c'étaient les deux.

Durant plusieurs mois, Buster Sapp fut quasiment le seul lien entre les deux foyers, qui avaient pourtant été intimement liés par le passé. Mary-Love Caskey réprouvait qu'Elinor habite avec son beau-frère et poussait sa fille à adopter la même opinion. James Caskey connaissait les sentiments de sa belle-sœur, mais il se réjouissait trop de cette présence féminine pour évoquer le sujet devant elle. S'il provoquait une dispute, elle la remporterait, et si elle la remportait, Elinor serait obligée de partir – ce que James ne voulait précisément pas.

Elinor prenait soin de lui comme l'aurait fait Genevieve si cette dernière s'était comportée en véritable épouse. Elle supervisait le ménage et les domestiques. Chaque jour, en l'absence de James, elle commandait Roxie et ses enfants, Reta et Escue. Reta passait ses journées à récurer les sols tandis qu'Escue repeignait tout ce qui était accessible à un pinceau. Assises sous le porche, Elinor et Roxie cousaient de nouveaux rideaux pour chaque pièce de la maison. James avait donné trois cents dollars à Elinor pour qu'elle achète ce dont elle avait besoin ; un jour, elle et Escue s'étaient rendus en attelage à Atmore, à quinze kilomètres de Perdido, et en étaient revenus chargés de parures de lit flambant neuves. La jeune femme s'était débarrassée de tout ce qui avait été touché par les eaux. Plus vite que n'importe quelle autre en ville, la maison de James Caskey – pourtant l'une des plus abîmées – fut entièrement remise en état.

À la stupéfaction de James, Elinor réussit à sauver une partie des plus belles pièces du mobilier qu'il pensait à jamais ruiné par la crue. « Je ne sais pas comment elle s'y est prise, confia-t-il à Oscar un matin à la scierie, mais en rentrant à la maison hier soir, le canapé de maman – celui que j'étais prêt à jeter – était comme neuf ! Le bois était parfaitement lustré et il ne manquait aucune pièce de ferronnerie – et pourtant je *sais* qu'au moins deux d'entre elles s'étaient perdues dans l'eau. En plus, son revêtement est fait du même tissu bleu que dans mes souvenirs d'enfance. Je l'avais complètement oublié jusqu'à ce que je le voie ! J'ai failli me mettre à pleurer tant il m'a rappelé maman.

— James, répondit Oscar, tu ne crois pas que tu épuises Mademoiselle Elinor à la tâche ?

— Si, c'est ce que je pense, dit James, embarrassé, mais ce n'est pas son avis. La maison est aussi impeccable que lorsque ta grand-mère y habitait et que ton grand-père n'était plus là pour la mettre en désordre. Et Grace ! Tu l'as vue ?

— Je l'ai vue, oui. »

Les deux hommes marquèrent une pause pour discuter avec un ouvrier qui quittait la scierie à bord d'une charrette.

« Mais tu as vu ses robes ? reprit James lorsque la charrette franchit la grille d'entrée. Ça ne dérange absolument pas Mademoiselle Elinor de rester assise en compagnie de Roxie dans la cuisine pour confectionner une nouvelle garde-robe à Grace, pendant que la petite passe ses journées sous la table à les regarder faire ! Quand je pense que

Mary-Love voudrait que je demande un loyer à Elinor pour sa chambre…

— Maman ne connaît pas Mademoiselle Elinor.

— Mary-Love *refuse* de la connaître, voilà le problème ! Oscar, tu sais à quel point j'aime ta mère, et tu sais qu'elle a toujours eu raison sur tout, mais laisse-moi te dire, elle se trompe au sujet d'Elinor. Grace l'aime énormément, et moi aussi ! Tu sais… dit James à voix basse en agitant un doigt osseux dans l'air… qu'elle a poli toute mon argenterie et l'a enveloppée dans du feutre jaune ? »

Oscar se sentait frustré. Ce qu'il voulait le plus au monde était précisément ce qu'il ne pouvait avoir : l'opportunité d'en apprendre plus sur Mademoiselle Elinor Dammert. Son travail exigeait qu'il soit au bureau ou dans les bois dès sept heures du matin. Il rentrait chez lui à midi, mais n'avait qu'une demi-heure pour déjeuner et devait même boire son deuxième verre de thé glacé sur la route en retournant travailler. Il ne rentrait généralement pas avant dix-huit ou dix-neuf heures, et il était si fatigué qu'il peinait à rester éveillé à table. Quelquefois, sa présence était requise en soirée, par exemple aux réunions destinées à organiser la remise en état de la ville après le désastre de la crue de Pâques. Dans ces conditions, impossible de faire grand-chose sinon adresser un signe de la main à Elinor assise sous le porche tandis qu'il passait devant chez son oncle au volant de son automobile, ou l'interpeller d'un « Comment allez-vous, Mademoiselle Elinor ? » alors qu'il montait d'un pas las les marches de sa propre maison, que sa mère fermait à clé sitôt qu'il rentrait.

Mary-Love Caskey ne prétendait pas contrôler les actes et les émotions de son fils comme c'était le cas avec Sister. Elle savait que l'institutrice aux cheveux roux lui plaisait, mais elle savait aussi que ce n'était pas son rôle de dire à son fils de *ne pas* l'apprécier. Oscar était désormais l'homme de la famille et ça devait entrer en ligne de compte. Aussi Mary-Love se réjouissait-elle qu'en dépit de la proximité de voisinage, Elinor et Oscar aient si peu d'échanges. La crue avait provoqué leur rencontre, mais ses répercussions semblaient – du moins, pour le moment – les séparer.

Tôt un samedi matin – le 21 juin 1919 pour être exact, alors que le soleil venait à peine de quitter le signe d'air des Gémeaux pour entrer dans le signe d'eau du Cancer –, Oscar Caskey se leva comme à l'ordinaire à cinq heures, avant de se rappeler qu'on était samedi et qu'il n'avait pas à être à la scierie avant huit heures. Il fit demi-tour et s'apprêtait à se rendormir quand il perçut dans le silence matinal un léger bruit derrière la fenêtre. Il se leva et regarda dehors. L'aube ne pointait pas encore. Sous ses yeux, le sable formait une vaste mer obscure, laissant encore apparaître çà et là les traces du travail de Buster. Et voilà que, brouillant davantage le lacis de cercles concentriques, Elinor Dammert surgit de l'embarcadère, semblant fermement tenir quelque chose dans sa main.

La curiosité d'Oscar fut piquée. Il voulait savoir ce qui avait conduit la jeune femme dehors à cette heure. Il voulait savoir ce qu'elle tenait caché dans son poing. Il voulait saisir cette opportunité de lui parler sans que quiconque, ni sa mère, ni James, ni la petite Grace, ni même les domestiques, ne soit dans les parages. Enfilant son pantalon et ses bottes à la hâte, il se précipita dans l'escalier et s'arrêta sous le porche, d'où il observa Elinor à travers la moustiquaire. Debout, au centre du jardin de sable gris qui descendait en pente douce vers la rivière, elle creusait du pied un petit trou dans le sol.

Le ciel était rose et jaune canari à l'est, mais encore bleu nuit – un bleu plus éclatant que cette aurore – à l'ouest. De l'autre côté de la rivière, les oiseaux chantaient, mais de ce côté-ci, seul un merle perché sur le toit de la cuisine de James Caskey sifflait. Même à cette distance, Oscar entendait l'eau clapoter contre les pilotis du ponton. Il ouvrit la porte moustiquaire.

Mademoiselle Elinor releva la tête. Elle laissa tomber quelque chose dans le petit trou à ses pieds. Puis, de la pointe de sa chaussure, elle recouvrit le trou de sable.

« Puis-je vous demander ce que vous faites ? », lança Oscar en descendant les marches.

Sa voix, qui sonna étrangement faux, vint rompre le silence matinal. Derrière lui, le bruit de la moustiquaire se refermant doucement produisit un écho contre le mur de la maison de James.

Elinor avança de plusieurs mètres vers la droite et creusa un nouveau trou du bout du pied. Oscar s'approcha.

« J'ai trouvé des glands, dit-elle.

— Vous les plantez ? demanda-t-il, incrédule. Personne ne *plante* de glands. Où les avez-vous trouvés ?

— La rivière les a apportés, répondit-elle en souriant. Monsieur Oscar, souhaitez-vous m'aider ?

— Ces glands ne vont pas pousser ici, Mademoiselle Elinor. Regardez cette cour. Que voyez-vous à part du sable ? Pas un brin d'herbe. En tout cas, c'est ce que je vois, moi. Je crois que vous perdez votre temps. Et de toute façon, Buster ne va pas tarder à arriver et il les ratissera.

— Buster ne ratisse pas très profond. Je lui ai dit que j'allais planter des arbres ici. Puisque l'herbe refuse de pousser, il faut au moins que nous ayons de l'ombre. Alors, je plante des glands.

— Il doit s'agir de chênes, non ? », dit Oscar en examinant les quatre glands qu'Elinor lui avait mis dans la main.

Ils étaient humides, comme si elle venait en effet

de les repêcher. Ce qu'elle s'était toutefois gardée de dire, c'était pourquoi elle se trouvait sur l'embarcadère si tôt le matin ; elle ne pouvait quand même pas avoir *attendu* que les glands dérivent sur la Perdido jusqu'à elle, si ?

« Pas vraiment, ce sont des chênes d'eau, répondit-elle.

— Comment le savez-vous ?

— Je sais à quoi ressemblent leurs glands. Je les reconnais à leur façon de descendre la rivière.

— Vous pensez qu'ils pousseront ici ? »

Elinor acquiesça.

« Je ne crois pas avoir déjà vu de chênes d'eau en amont de la Perdido, dit Oscar après un silence, comme s'il fouillait sa mémoire – une manière polie de contredire Elinor car, en vérité, Oscar Caskey connaissait chaque arbre des comtés de Baldwin, Escambia et Monroe, et il était absolument certain qu'aucun chêne d'eau ne surplombait la Perdido en amont.

— Pourtant, il doit y en avoir, puisque ces glands descendaient le courant, répondit Elinor tandis qu'elle en laissait tomber encore un dans la terre.

— Vous savez quoi ? dit Oscar en creusant un trou du talon de sa botte pour y lâcher un gland. Cet après-midi, je vais sortir tôt du travail, puis vous et moi ferons un tour en carriole, fit-il en recouvrant le trou.

— Pour aller où ? », demanda Elinor en sortant de la poche de sa robe une poignée de glands dont elle versa une partie dans la paume ouverte d'Oscar, gardant le reste pour elle. Tandis qu'ils discutaient, elle continuait à les semer.

« Dans la forêt. Vous allez choisir les arbres que vous préférez – n'importe lesquels jusqu'à huit mètres de haut –, je les marquerai d'un ruban bleu, et lundi matin, j'enverrai des hommes les déterrer, comme ça nous les transporterons ici pour les replanter. Je ne sais pas pourquoi je n'y ai pas pensé plus tôt. Après tout, à quoi je paye ces hommes ? Même si ces glands devaient germer – et il y a plus joli que les chênes d'eau, Mademoiselle Elinor –, ça mettrait tant d'années que le temps qu'ils nous procurent de l'ombre, vous seriez déjà voûtée.

— Vous vous trompez, Monsieur Oscar, et je ne vais choisir aucun arbre dans la forêt. Mais revenez donc à quinze heures et j'aurai fait atteler la carriole d'Escue. Nous ferons cette promenade. »

Mary-Love n'aima pas du tout cette idée, et quand Oscar revint chez lui ce soir-là, il eut à peine le temps de se laver les mains que le dîner était déjà servi.

« De quoi avez-vous parlé ? demanda Sister.

— On a parlé de James, de Grace et de l'école, répondit Oscar. Et de la crue. Comme tout le monde.

— Pourquoi c'était aussi long ? », intervint Mary-Love.

Selon elle, le comportement proprement scandaleux de son fils ne méritait pas d'être abordé, mais sa curiosité prenant le dessus, elle choisit de le sanctionner par des questions.

« Je l'ai emmenée voir les Sapp, où nous avons acheté du jus de canne à sucre. Vous savez que c'est leur dernière de trois ans qui actionne la presse maintenant ? Elle est si petite qu'ils doivent l'allonger à plat ventre sur le dos d'une vieille mule et l'y attacher avec une corde.

— Ah, ces Sapp ! s'écria Sister. On va finir par embaucher un par un leurs neuf enfants, juste pour qu'ils arrêtent de les tuer au travail !

— Donc, reprit Mary-Love, vous êtes allés chez les Sapp puis vous êtes rentrés directement. Et ça vous a pris trois heures et demie ?

— On a fait une halte en chemin pour dire bonjour à Annie Bell Driver, c'est tout, et elle nous a donné un morceau de sa toute première pastèque. On ne se serait pas arrêtés, je crois, sauf qu'Oland ou Poland – à moins que ça ne soit Roland – a couru stopper notre carriole. Ces garçons sont fous de Mademoiselle Elinor. Vous saviez que les trois frères mangent la pastèque avec du poivre et pas du sel ? Je n'avais jamais vu une chose pareille, mais Elinor, si. Tu sais, maman, elle est beaucoup plus intelligente que tu le penses. »

À table dans la maison voisine, Elinor racontait la même histoire à Grace et James Caskey.

« Mais vous avez passé un bon moment ? demanda ce dernier.

— Oh oui, répondit Elinor. Monsieur Oscar a été parfait.

— Eh bien, du moment que vous vous êtes amusée, c'est tout ce qui compte. »

Huit jours après avoir planté les glands, Elinor Dammert assista à la messe pour la première fois. La semaine d'avant, elle ramenait encore Grace chez elle après le catéchisme, car celle-ci était trop jeune pour assister à un sermon. Mais désormais la petite fille était plus mûre ou mieux éduquée – à moins qu'Elinor n'ait émis le souhait spécifique d'aller à l'église. Quoi qu'il en soit, Oscar Caskey était assis à côté d'elle, et quand ils se levèrent pour chanter les hymnes, il tint le missel ouvert entre eux tandis qu'Elinor portait Grace dans ses bras.

Mary-Love n'apprécia pas du tout. Entre deux couplets, Sister lui chuchota à l'oreille : « Maman, comment veux-tu qu'elle porte à la fois Grace et le missel ? »

Lorsqu'ils rentrèrent de l'église ce matin-là, Buster Sapp les attendait sur le perron de James. Il courut vers Elinor, la saisit par la main et l'entraîna à l'arrière de la maison.

Les autres suivirent, se demandant pourquoi Buster était réveillé à cette heure généralement consacrée à sa sieste, et surtout ce qui l'avait empêché de finir de ratisser le sable, quand ils virent qu'Elinor se tenait près des fenêtres qui donnaient sur le petit salon, un immense sourire aux lèvres. Accroupi à ses côtés, Buster Sapp, encore étonné et les yeux écarquillés, se balançait d'avant en arrière sur les talons. D'un doigt tremblant, il désignait une pousse de chêne d'une vingtaine de centimètres. Le gland duquel elle avait germé était ouvert en deux et partiellement recouvert de sable gris. Tandis que James, Mary-Love, Sister et Oscar fixaient l'embryon d'arbre d'un air stupéfait, Buster se releva et courut à travers le jardin, pointant les dix-sept autres pousses de chêne d'eau qui, en une seule nuit, avaient jailli de cette terre stérile et sablonneuse.

LA CONFLUENCE

Ce qu'on savait à Perdido de la vie d'Elinor Dammert tenait en quelques lignes : le matin de Pâques, elle avait été secourue à l'hôtel *Osceola* par Oscar Caskey et Bray Sugarwhite ; elle vivait désormais chez James Caskey, veillant à merveille sur sa fille, Grace ; dès l'automne, elle enseignerait aux cours moyens ; enfin, elle était courtisée par Oscar Caskey, ce que sa mère désapprouvait avec fermeté.

Le reste constituait un mystère, et ça ne semblait pas près de changer. Non qu'Elinor ne soit pas amicale – elle discutait volontiers avec quiconque dans la rue, se souvenait des prénoms de chacun et se montrait polie dans les magasins –, mais elle paraissait peu soucieuse de se mêler à la vie de la communauté. En d'autres termes, elle ne se livrait à aucun commérage – que ce soit à propos d'elle ou des autres. Elle n'agissait pas non plus de manière excentrique – excepté qu'elle vivait sans craindre l'inévitable retour de Genevieve Caskey et l'esclandre que ferait celle-ci en découvrant qu'une inconnue avait pris sa place. Elinor s'était aussi attiré les foudres de Mary-Love Caskey, une femme connue pour être aimable mais au tempérament un brin dominateur, qui n'avait jamais montré d'aversion qu'envers les voleurs et les ivrognes.

On soupçonnait en fait Elinor de ne pas s'adapter à la vie de Perdido. La rumeur la plus fréquente était qu'elle paraissait toujours un peu souffrante, comme si elle ne s'était pas accoutumée au climat, bien qu'elle soit originaire de Fayette, un comté certes au nord, mais pas non plus si éloigné. Durant ces premiers mois d'été, Elinor passa le plus clair de son temps dans l'eau, et la puissance des muscles de ses épaules – fait rare chez une femme de l'Alabama – était le sujet de maints échanges. On disait également qu'elle semblait ne pas manger assez (ou peut-être ne se nourrissait-elle pas des bonnes choses) ; étant donné le goût de James pour la bonne chère et le fait que Roxie soit l'une des meilleures cuisinières de Perdido, les habitants n'y trouvaient aucune explication.

Un jour, Buster Sapp arriva chez les Caskey bien plus tôt que d'habitude, avant même le lever du soleil. Parti de chez ses parents qui vivaient à la campagne, il avait mal calculé le temps du trajet jusqu'à la ville. Alors qu'il tournait le coin de la maison avec l'idée de faire une sieste sur les marches du porche arrière, il fut surpris de voir quelqu'un sur le ponton. C'était Elinor, dont la silhouette blanche luisait dans les derniers rayons de lune. Vêtue de sa chemise de nuit de coton, elle plongea sans hésiter dans la rivière. Buster courut sur la berge, d'où il la regarda nager en quelques brasses fluides jusqu'à la rive opposée. Le puissant courant ne l'avait même pas fait dévier d'un pouce. Buster en fut ébahi, car il savait avec quelles difficultés Bray, pourtant bien bâti, devait ramer d'une rive à l'autre.

Juste avant d'atteindre l'autre côté, Elinor se tourna et leva une main au-dessus de sa tête. « Buster Sapp, je te vois ! », cria-t-elle. En dépit du courant tumultueux, elle semblait ancrée dans l'eau, comme si elle était indéracinable.

« Je suis là, mam'selle Elinor ! », hurla Buster en retour. Suite à l'épisode des chênes d'eau, la jeune femme était déjà pour lui une source d'étonnement. Lui qui ratissait tous les jours l'étendue de sable, il suivait leur croissance régulière. Était-ce naturel ? Sa sœur Ivey lui avait dit que c'était parce que les glands avaient été plantés à la lueur de la lune, mais l'explication ne lui paraissait pas suffisante.

« Rejoins-moi dans la rivière et on nagera jusqu'à l'embouchure !

— Le courant est trop fort, mam'selle Elinor ! Et puis, qui sait ce qu'y a dans l'eau la nuit ? Une fois, on a vu un alligator dans les marais de la Blackwater en amont, c'est Ivey qui m'l'a dit. Paraît que cet alligator a mangé trois bébés filles et a recraché leurs os sur le bord ! »

Souriante, Elinor jaillit, droite dans l'air matinal, à tel point que Buster put même voir ses pieds blancs briller sous la surface de l'eau noire. Puis, d'un mouvement gracieux, elle se laissa tomber sur le côté et dériva tranquillement dans le courant.

Buster savait bien que le tourbillon à la confluence de la Perdido et de la Blackwater se trouvait à moins de cinq cents mètres. Il craignait qu'Elinor s'y noie. Même s'il appelait à l'aide, elle ne pourrait pas être secourue à temps, aussi le jeune garçon courut-il le long de la berge, trébuchant sur les racines et suivant la forme blanche d'Elinor qui avançait sous l'eau. Alors qu'il se débattait pour traverser un fourré dense de chênes des marais et de magnolias, son pantalon s'accrocha à une ronce et il dut s'asseoir pour s'en libérer avec précaution. Puis il reprit sa course et déboucha bientôt dans le champ à l'arrière du tribunal. Devant lui se trouvait la confluence, où l'eau rouge de la Perdido et l'eau noire de la Blackwater se rejoignaient, luttaient l'une contre l'autre, avant d'être enfin avalées dans le maelström au centre de l'embouchure.

Dans son dos, l'horloge de l'hôtel de ville sonna cinq heures. Il se tourna et fixa un instant son cadran vert illuminé. Elinor devait déjà être arrivée – elle nageait vite, et Buster avait été retardé par les broussailles. Mais il ne la voyait nulle part. Avait-elle déjà été entraînée par le fond ? Buster tremblait. Soudain, il vit la tête de la jeune femme émerger à une dizaine de mètres en amont. Le courant s'abattait avec force sur son corps immobile, comme amarré ; pourtant, la rivière était profonde. Comme si elle avait attendu que Buster la repère, Elinor se laissa à nouveau porter par les flots. Horrifié, Buster la vit se faire prendre dans le mouvement circulaire. Le corps désormais allongé à quelques centimètres sous la surface, et ne semblant montrer aucun signe de panique, elle s'engagea dans le tourbillon, puis tourna et tourna encore, piégée. « Mam'selle Elinor ! Mam'selle Elinor ! Vous allez vous noyer ! », hurlait follement le petit garçon.

La jeune femme se rapprochait toujours plus du cœur du vortex. Soudain, elle étendit ses bras au-dessus de sa tête et son corps se fondit bientôt dans la courbe du maelström, ne faisant plus qu'un avec lui. C'était comme si elle pouvait atteindre ses propres orteils, bordant d'un anneau blanc la noirceur du gouffre tournoyant.

Soudain, l'anneau de peau blanche et de coton qu'avait été Elinor Dammert disparut pour de bon.

Buster était certain que cette femme, qu'il admirait tant, était condamnée. Ivey lui avait dit que quelque chose vivait au fond du tourbillon, quelque chose qui, dans la journée, se terrait dans le sable et en sortait la nuit pour s'asseoir au fond de l'eau en attendant que les animaux soient entraînés à la base de ce siphon. Mais ce que cette créature préférait, c'étaient les gens. Si vous étiez là-dedans, elle vous attrapait avec tant de force que vos bras cassaient et que vous ne pouviez plus vous défendre. Alors, de sa langue noire, elle aspirait vos yeux hors de votre tête. Puis elle arrachait votre crâne, avant d'enterrer vos restes dans la vase afin que personne n'en retrouve jamais la moindre trace. Cette créature ressemblait à une grenouille, mais elle était dotée d'une queue d'alligator avec laquelle elle balayait constamment le fond pour que les cadavres restent ensevelis et qu'ils ne remontent jamais à la surface. L'une de ses branchies était rouge comme l'eau de la Perdido, et l'autre noire comme celle de la Blackwater. Lorsqu'elle était *vraiment* affamée, il lui arrivait de chasser sur la terre ferme – un jour, Ivey avait aperçu ses traces entre la berge et l'un des cabanons de Baptist Bottom où le garçon de deux ans d'une lavandière avait disparu la nuit précédente ; personne n'avait jamais su ce qu'il était devenu. Quoi que soit ce qui attend les nageurs malchanceux tapi dans le lit trouble de la rivière, quoi que soit ce qui se hisse sur la rive en rampant par les nuits sans lune, quoi que soit cette chose, Ivey l'avait-elle mis en garde, elle était là avant que Perdido soit bâtie et serait là quand Perdido aura disparu.

À présent, Buster se tenait sur une petite langue d'argile qui s'avançait dans la rivière. Ce que le garçon ne voyait pas, c'est que celle-ci commençait à se détacher sous la force du courant. Soudain elle lâcha, et Buster Sapp, perdant l'équilibre, fut projeté dans l'eau. Il essaya de se hisser en lieu sûr, reprit espoir en sentant le sol sous ses pieds, mais à l'embouchure le tourbillon sembla s'agrandir jusqu'à s'étendre d'une rive à l'autre. Inexorablement, Buster fut entraîné loin de la berge pourtant si proche. Battant frénétiquement des bras, il tenta de nager à contre-courant, mais demeura prisonnier des flots.

Alors qu'il était tiré sous la surface, il ouvrit les yeux un instant et vit de façon distordue le cadran vert de l'horloge de l'hôtel de ville. Quand il hurla, de l'eau boueuse emplit sa bouche.

Une grosse branche de pin s'était également prise dans le maelström ; il s'y agrippa, s'en servant de bouée. Mais la branche n'était pas plus ancrée que lui, et ils se mirent à tournoyer ensemble. Il réussit à sortir la tête de l'eau et à prendre deux inspirations, avant d'être à nouveau aspiré par le fond. Il tournait de plus en plus vite à présent, se rapprochant du cœur du tourbillon.

Soudain, il s'appuya sur la branche et tenta un bond hors de l'eau. Mais il ne parvint qu'à en esquisser le mouvement et finit par se mettre à rouler sur lui-même dans le tumulte. Non seulement il tournait et tournait encore, mais il fut projeté pieds par-dessus tête dans une effroyable succession de saltos arrière – et inexorablement, le centre l'attirait.

Le courant était si rapide, le tourbillon si prononcé, que le creux à la surface s'enfonçait de près d'un mètre. Plus vite qu'il ne l'aurait cru, Buster se retrouva au bord de ce gouffre, à la porte de cet enfer aquatique. Il réussit à avaler deux nouvelles goulées d'air et à ouvrir les yeux. La surface de la rivière était à peine à quelques centimètres au-dessus de sa tête. Il voulut crier, mais alors qu'il reprenait une dernière fois son souffle, il fut aspiré droit vers le fond.

La chose contre laquelle Ivey l'avait mis en garde l'agrippa. Ses bras furent maintenus le long de ses côtes avec une telle puissance qu'il sentit ses os craquer. La pression vida le peu d'air que contenaient ses poumons, et Buster se prépara à sentir la langue noire et râpeuse lui gober les yeux. Incapable de se retenir, il ouvrit les paupières sans parvenir à distinguer quoi que ce soit. Alors seulement l'épaisse rugosité lui lécha le nez et la bouche. Lorsque la chose se dirigea vers ses yeux, Buster Sapp sombra dans une inconscience plus obscure, plus profonde et plus paisible que la froide Perdido.

On ne retrouva jamais aucune trace de lui, et ça n'étonna personne. Elinor Dammert qui, ne parvenant pas à s'endormir, s'était levée tôt, affirma l'avoir vu plonger dans la rivière depuis le ponton. Personne ne douta qu'il avait été emporté jusqu'à l'embouchure et qu'il s'était noyé. Tant d'autres avant lui avaient subi le même sort sans que leurs corps ne réapparaissent, que la famille endeuillée n'entama même pas de recherches. « Il n'aurait jamais dû s'approcher de l'eau au clair de lune », déclara Creola, sa mère, qui se consola avec les huit enfants qui lui restaient.

Après la disparition de Buster, Mary-Love assigna à Bray le travail monotone du pauvre garçon. Estimant la tâche indigne de lui, Bray demanda à son épouse Ivey de réquisitionner l'une de ses sœurs qui travaillait dans le champ de cannes à sucre familial, une petite fille de dix ans, Zaddie. C'est ainsi que Zaddie Sapp vint s'installer à Baptist Bottom auprès de sa sœur et de son beau-frère, et qu'on lui mit entre les mains le râteau de son infortuné frère.

Que son métabolisme se soit subitement adapté à la météo locale ou que Roxie Welles se soit mise à mieux la nourrir, Elinor perdit son air souffreteux.

Son visage retrouva les saines couleurs qu'il arborait le jour où on l'avait retrouvée à l'*Osceola*. Elle semblait s'être enfin faite à la ville.

La rentrée scolaire eut lieu le 2 septembre. Elinor se vit confier les élèves du cours moyen, et la toute petite Grace Caskey entra au cours préparatoire. Ce matin-là, après un copieux petit déjeuner pour célébrer l'événement, James proposa à Elinor de les conduire, Grace et elle, à l'école. Elinor le remercia mais déclina son invitation.

« Vous savez vous y rendre à pied, n'est-ce pas ?

— Bien sûr, répondit Elinor. Mais Grace et moi ne marcherons pas.

— Comment ça ? demanda James en souriant à Roxie qui apportait une assiette de biscuits. Et de quelle manière comptez-vous y aller ? Escue va vous prendre sur son chariot ?

— Grace et moi, on va y aller en canot, annonça Elinor en regardant la petite fille, qui sourit et hocha la tête d'excitation.

— En canot ?!

— Celui de Bray, poursuivit Elinor. Il veut bien me le prêter. »

Perplexe, James resta un instant immobile sur sa chaise.

« Mademoiselle Elinor, dit-il enfin, vous savez qu'il faut traverser l'embouchure pour aller d'ici à l'école. Comment comptez-vous vous y prendre ?

— Je vais ramer fort, répondit-elle, imperturbable.

— Permettez-moi de vous rappeler, protesta James – d'un ton au final peu convaincant compte tenu du danger qu'encourait sa fille unique –, que le pauvre petit Buster Sapp s'est noyé à l'embouchure cet été. »

Elinor eut un rire bref.

« Vous avez peur pour Grace, Monsieur Caskey.

— Papa, moi j'ai pas peur !

— Je sais, ma chérie, et je fais confiance à Mademoiselle Elinor, c'est juste qu'à la confluence… Voyons, Grace, tu te souviens de Buster ?

— Bien sûr que je me souviens de Buster ! », cria l'enfant, outrée, en mettant théâtralement ses mains sur ses hanches. Elle lança un regard en biais à son père puis à Elinor, et ajouta à voix basse : « Ivey dit qu'il s'est fait *manger*…

— Ivey cherche à te faire peur, ma puce. Ce qui est arrivé à Buster, c'est qu'il s'est noyé.

— Monsieur Caskey, intervint Elinor, pendant trente-deux ans, mon père a manœuvré un bac d'un bord à l'autre de la Tombigbee. Chaque midi, je remontais la rivière à la rame pour lui apporter son déjeuner. Et je n'étais pas plus âgée que Grace, dit-elle en souriant. Si vous êtes vraiment inquiet, je lui nouerai une corde autour de la taille et ferai courir Zaddie le long de la rive avec l'autre bout. »

Malgré cette précaution, James n'autorisa pas Elinor à prendre Grace avec elle. Aussi Elinor Dammert embarqua-t-elle seule à bord du canot ce matin-là. James et Grace l'attendaient néanmoins en aval de l'embouchure, dans le champ derrière l'hôtel de ville depuis lequel ils lui firent des signes et l'appelèrent. À son tour, elle les salua avant de traverser d'un simple coup de rame la confluence. Elle se dirigea ensuite vers la berge d'argile rouge et fit glisser le canot sur la terre ferme. James Caskey s'approcha, souleva Grace et la déposa dans l'embarcation.

« Vous aviez raison, dit-il, et j'avais tort.

— En route ! », s'exclama Elinor en repartant.

Grace poussa un cri de joie et agita frénétiquement la main en direction de son père.

Le lendemain, une dizaine de lève-tôt s'amassaient dans le même champ pour voir Elinor et Grace traverser l'embouchure à bord du canot vert de Bray. Le jeudi, ils étaient le double, autant d'hommes que de femmes, à regarder depuis les fenêtres de l'hôtel de ville ; tous les saluaient de la main. Pour eux, Elinor Dammert était folle de faire une chose pareille, et James Caskey était fou de laisser sa fille monter à bord de ce canot, parce qu'un jour le tourbillon allait les aspirer et recracherait des échardes de bois et d'os partout sur les rivages d'ocre. Une ou deux semaines après néanmoins, personne n'y voyait plus la moindre folie. Les badauds continuaient à leur faire signe depuis l'hôtel de ville, sans plus prédire de malheur à Mademoiselle Elinor et à Grace.

Zaddie Sapp était une enfant à l'esprit vif, le contraire de Buster. Lorsqu'elle avait fini de ratisser la cour, elle allait s'asseoir dans la cuisine avec Roxie ou sa sœur Ivey et faisait un peu de couture ou écossait une casserole de pois. Peu importe la corvée, elle voulait à tout prix s'occuper. Elinor s'attacha à la petite fille, à qui elle apprit les points de base en broderie. Quand elle fut mise au courant, Mary-Love réprouva sévèrement cette pratique, car les femmes noires, selon l'opinion majoritaire à Perdido, n'étaient pas faites pour le travail d'ornementation. Mais Elinor donna à Zaddie un panier rempli de taies d'oreiller et pour mission de confectionner une bordure florale à chacune d'elles. Ce qu'elle fit, non sans difficulté. Pour la récompenser, Elinor lui en offrit cinquante *cents* pièce.

Ce fut par de tels gestes qu'Elinor gagna le cœur de Zaddie. Tous les après-midi à quinze heures, la jeune domestique allait s'asseoir sur la jetée pour attendre le retour d'Elinor et de Grace.

« Alors, comment vas-tu ? lui demandait Elinor

chaque jour, et chaque jour la question enchantait Zaddie.

— Je vais bien », répondait-elle invariablement, avant de lui raconter tout ce qui s'était passé ce jour-là dans les deux maisons Caskey.

Lors de ces beaux après-midi de septembre puis d'octobre, Elinor s'installait sous le porche de la maison de James, où elle se balançait sur le siège à bascule en écoutant Zaddie et Grace, assises sur les marches, lire un livre à voix haute. Bien que de quatre ans sa cadette, Grace était meilleure élève que Zaddie et ne se privait pas d'encenser sa propre supériorité scolaire, mais Elinor prenait soin de toujours modérer les vantardises de la fillette. « Grace, disait-elle, si Zaddie avait autant de chance que toi, elle connaîtrait bien plus de choses. Crois-tu que tu saurais aussi bien lire si tu avais passé trois ans de ta vie perchée sur une mule à tourner autour d'un pressoir à cannes à sucre ? » Honteuse, Grace se taisait et tendait d'un air penaud le livre à Zaddie, elle-même aux anges qu'un être aussi noble que Mademoiselle Elinor prenne sa défense. Mademoiselle Elinor, ne se lassait jamais de répéter Zaddie, était la seule personne à Perdido – homme ou femme – capable de traverser l'embouchure à la rame.

PARADE AMOUREUSE

En septembre, les trois scieries de Perdido étaient à nouveau opérationnelles, et les devoirs qui incombaient à James et Oscar Caskey diminuèrent. Lorsque Oscar vit qu'Elinor s'asseyait sous le porche tous les jours de quinze heures trente à la fin de la journée, il se mit à sortir plus tôt du travail.

Il garait son automobile dans la rue et commençait à marcher jusque chez lui, puis il changeait brusquement de direction après quelques pas, comme pris d'une soudaine inspiration. Il traversait la cour qui menait chez James et interrompait le consciencieux travail de Zaddie pour lui adresser quelques mots, car la jeune fille ne quittait jamais sa place aux pieds d'Elinor, Grace à ses côtés.

« Alors, Zaddie, les chênes d'eau ont bien poussé, aujourd'hui ?

— Ça pousse, Monsieur Oscar », répondait-elle immanquablement.

Tout le monde à Perdido ayant entendu parler

de l'implacable vigueur des arbres d'Elinor, était passé devant les maisons pour les admirer, et en avait fait un sujet de bavardage au point de leur ôter toute nouveauté. Personne ne s'expliquait leur extraordinaire croissance, aussi ne resta-t-il bientôt plus à Zaddie qu'à témoigner chaque jour du centimètre et quelque que les arbres avaient pris durant la nuit.

Après ce court échange avec Zaddie, Oscar se tournait vers sa cousine Grace et lui disait quelque chose comme :

« Chez le barbier ce matin, j'ai entendu dire que tes camarades et toi aviez attaché votre institutrice avant de la jeter du toit de l'école. C'est vrai, ça ?

— Non ! », protestait Grace, indignée.

« Comment allez-vous, Mademoiselle Elinor ? demandait-il enfin, comme s'il avait traversé la cour uniquement pour discuter avec Zaddie et Grace, et qu'à présent que c'était fait, il lui adressait un mot par pure politesse. Comment vont vos Indiens ? »

Les Indiens, c'est ainsi qu'Oscar surnommait les élèves de l'école.

« Ils m'ont donné du fil à retordre, aujourd'hui, sourit Elinor. Enfin, les garçons. Les filles font tout ce que je leur demande. Asseyez-vous, Monsieur Oscar. On voit que vous ne tenez plus sur vos jambes.

— C'est le cas, dit-il en prenant place sur le siège à côté d'elle, comme si Elinor n'avait pas déjà répété cette invitation et qu'il ne l'avait pas déjà acceptée quotidiennement depuis deux semaines.

— Votre mère nous observe derrière le massif de camélias. »

Oscar se releva et appela à voix haute : « Hé ! Oh ! Maman ! »

Débusquée, Mary-Love se montra.

« Oscar, je me disais bien que c'était toi ! cria-t-elle depuis son propre porche.

— Tu n'as pas vu la voiture garée juste devant, maman ! », cria-t-il à son tour, puis, s'adressant à Elinor à voix basse : « Elle l'a très bien vue.

— Dites-lui de se joindre à nous.

— Maman ! Mademoiselle Elinor t'invite à te joindre à nous !

— Remercie Mademoiselle Elinor pour moi, mais j'ai des pois à écosser ! répondit Mary-Love.

— C'est faux ! s'exclama Zaddie. J'les ai tous faits ce matin !

— Dites à votre mère, reprit Elinor d'un ton poli, comme si elle n'avait pas entendu le cri d'indignation de Zaddie, que si elle nous rejoint, Zaddie et moi pourrons l'aider à écosser ses pois.

— D'accord, maman ! », conclut Oscar en se rasseyant, peu désireux de poursuivre la mascarade et de s'irriter la gorge pour rien. « Maman n'aime pas que je vienne ici, ajouta-t-il en souriant à Elinor.

— Pourquoi ? demanda Grace en regardant Mary-Love disparaître à nouveau derrière les camélias.

— À cause de moi, répondit Elinor.

— À cause de *toi* ?! s'écria Grace, incapable de comprendre pourquoi quiconque en voudrait à Elinor.

— Madame Mary-Love pense que Monsieur Oscar devrait être assis sous *son* porche, à discuter avec elle, et non sous *ce* porche, à nous parler.

— Alors pourquoi elle ne vient pas ici ? On l'a invitée.

— Ne cherche pas à comprendre, Grace, soupira Oscar.

— Monsieur Oscar, dit Zaddie, j'ai écossé tous les pois ce matin.

— Je sais, Zaddie. Et maintenant, tenez-vous tranquilles, Grace et toi. »

Les deux fillettes penchèrent la tête l'une vers l'autre et se mirent à chuchoter.

« Alors comme ça les garçons vous posent des problèmes ? demanda Oscar en se tournant vers Elinor.

— Ça ira mieux le mois prochain. Pour l'instant, la moitié d'entre eux aide à la récolte du coton, et l'autre moitié souhaiterait être n'importe où sauf en classe. Impossible de leur faire garder leurs pieds sous leurs pupitres, et tous les matins avant la récréation je dois vérifier qu'ils n'ont pas de teignes.

— Mais ils vous obéissent, n'est-ce pas ?

— Je les oblige à m'obéir ! rit Elinor. Je les préviens que s'ils ne m'écoutent pas, je les embarquerai sur le canot de Bray pour les jeter dans l'embouchure. Après ça, ils se tiennent tranquilles. Mais je n'ai, par contre, aucun problème avec les filles. »

Elinor avait trente-quatre élèves, dix-huit garçons et seize filles. Vingt d'entre eux habitaient en ville et quatorze dans la campagne environnante dont douze aidaient aux champs depuis quelques semaines. Les deux restants étaient de petites Indiennes silencieuses dont les parents distillaient illégalement de l'alcool au moyen de cinq alambics dissimulés dans la forêt vers Little Turkey Creek. Tous les jours, elles allaient à l'école sur le dos d'une mule décharnée. Elinor enseignait à ses élèves les mathématiques, la géographie, l'orthographe, la grammaire et l'histoire des États confédérés d'Amérique.

Tous les jours, Roxie préparait à Elinor un déjeuner qu'elle emportait à l'école, mais un matin la domestique dut s'absenter pour aider à un accouchement à Baptist Bottom sans avoir rien pu cuisiner. À son retour peu avant midi, elle confectionna un repas et le mit dans un panier en osier qu'elle demanda à Zaddie d'apporter à Elinor. Aller à l'école des enfants blancs était une grande aventure pour Zaddie, qui pénétra dans le bâtiment pleine d'admiration. La directrice Ruth Digman la guida jusqu'à la salle d'Elinor et frappa à la porte.

Un élève assis au fond de la classe et dont c'était la tâche d'ouvrir la porte à qui s'y présentait, se leva ; tous les enfants tournèrent la tête et fixèrent la petite fille qui se tenait sur le seuil. Personne n'avait jamais vu d'enfant noir dans l'enceinte de l'école. Tremblante, elle s'avança le panier à la main. Elinor la remercia, puis elle la présenta à la classe.

« Les enfants, dit-elle, voici Zaddie Sapp, elle a exactement le même âge que vous. Si elle était autorisée à aller en classe, elle serait dans la même que vous et serait aussi intelligente que le plus doué d'entre vous. Zaddie économise son argent pour payer les droits d'inscription à l'université noire de Brewton ; d'ailleurs, je vais lui donner immédiatement une pièce, qu'elle mettra dans sa tirelire. »

Zaddie empocha la pièce et se précipita dehors. À partir de cet instant – si ça n'avait pas déjà été le cas –, la petite fille se dévoua corps et âme à Elinor.

Un jour d'octobre, alors qu'il rentrait de la scierie pour déjeuner, Oscar apprit par hasard par Ivey Sapp que sa mère et sa sœur comptaient passer la nuit à Pensacola pour un rendez-vous prévu très tôt le lendemain chez un tailleur. Oscar ne mit pas longtemps à comprendre que si Mary-Love ne l'avait pas averti, c'était uniquement parce qu'elle craignait qu'il profite de son absence pour passer du temps avec Elinor. Sortant par-derrière, il héla Zaddie. La jeune fille, assise sous l'un des chênes d'eau qui, malgré l'automne, n'avaient pas cessé de grandir, accourut.

« Zaddie, tu sais où est l'école de Mademoiselle Elinor, n'est-ce pas ?

— J'ai déjà été là-bas.

— Tu veux bien lui apporter un message pour moi ? Je te donnerai une pièce.

— Je vais lui porter votre message, Monsieur Oscar », répondit-elle avec impatience, prête à n'importe quoi pour revoir la classe des enfants blancs. Au fond d'elle-même, la jeune domestique savait qu'elle lisait mieux que la moitié d'entre eux.

Oscar rentra chez lui et rédigea un mot sur la table de la cuisine. Il plia la note, sortit la remettre à Zaddie et, après avoir pris congé de sa mère et de sa sœur, retourna à la scierie.

Plus tard cet après-midi-là, Mary-Love et Sister partirent pour Pensacola à bord de la Torpedo que conduisait Bray. Celui-ci avait appris à conduire les deux autos de la famille, et sa position chez les Caskey se limitait chaque jour davantage à celle de chauffeur. Mary-Love laissa un message à son fils disant que cette escapade avait été décidée à l'improviste et que son dîner l'attendait sur la table de la cuisine. Oscar ignora la note et le dîner. Il dîna chez son oncle, puis il emmena Elinor et Grace voir le film *Lettres d'autrefois* au *Ritz* – le cinéma avait rouvert après la crue avec de nouveaux sièges en velours pourpre et un piano en palissandre flambant neuf.

Plus tard, après que Grace fut mise au lit, Elinor

et Oscar firent une promenade au bord de la rivière. Ils s'assirent sur le ponton pour regarder la lune, et n'en partirent que lorsque l'horloge de l'hôtel de ville sonna minuit. Oscar annonça qu'il ne s'était pas couché aussi tard depuis qu'il avait tenté de sauver leurs maisons de l'inondation.

C'est ainsi que Zaddie se vit attribuer un nouveau travail : celui de messagère. Tous les jours, elle transmettait à Elinor le mot que Monsieur Oscar avait écrit dans la cuisine après son déjeuner. Elinor quant à elle, une fois le message lu, rédigeait une réponse que Zaddie apportait à la scierie, directement au bureau d'Oscar. Chacun à l'école et à la scierie savait ce que Zaddie faisait, et qui écrivait à qui.

Zaddie apprit petit à petit le nom de chaque élève d'Elinor ; un jour, alors qu'elle était arrivée au moment de la récréation, elle sauta à la corde avec eux et chanta aux petites Blanches une comptine que celles-ci n'avaient jamais entendue jusque-là.

Elinor touche sa bille en appâts
Elle pêche de beaux poissons et en fait son plat
Qu'ils soient bouillis ou bien rôtis
Verrou, bar et cagibi
La pendule s'étale une souris détale
Dans la maison de mamie qu'est à l'agonie
Avec un chiffon comme bouchon

Zaddie tirait une grande fierté de ces allers-retours quotidiens et se fichait que Mary-Love refuse de lui adresser la parole à cause du rôle qu'elle jouait dans la parade amoureuse entre Elinor et Oscar.

Chez eux, le déjeuner étant le principal repas de la journée et le dîner se composant des restes, Mary-Love put difficilement blâmer Oscar lorsque celui-ci annonça qu'il irait dorénavant dîner chez James pour profiter d'un repas chaud.

« Tu embêtes James, disait Mary-Love lorsqu'elle ne pouvait s'empêcher d'objecter. Tu fais grimper sa facture de nourriture. »

Oscar se contentait de hausser les épaules et de répondre :

« James vient manger ici tous les jours, pourtant tu ne lui fais jamais rien payer. Il a largement les moyens de m'offrir un repas de temps en temps.

— Tous les soirs !

— Il vous invite aussi, Sister et toi.

— Roxie ne saurait plus où donner de la tête si on passait notre temps à manger chez lui.

— C'est faux. Roxie n'a pas à cuisiner le midi. Et puis elle m'a dit qu'elle ne comprenait pas pourquoi Sister et toi vous contentiez d'un repas froid alors que vous pourriez manger chaud. »

Mary-Love ne répondait rien, incapable d'admettre qu'elle refusait de s'asseoir à la même table qu'Elinor Dammert. La guerre, en effet, demeurait officiellement non déclarée. Sister non plus n'avait pas le droit d'aller chez James, aussi picorait-elle du bout des lèvres son assiette de restes en se demandant ce qui se disait à la table de son oncle.

Aucune mère à Perdido n'était plus proche de sa fille que Mary-Love Caskey ne l'était de Sister, cependant elles se gardaient bien de dire à l'autre ce qu'elles pensaient ou savaient réellement. En vérité, chacune aimait taire ses petits secrets, des secrets qui pouvaient ensuite être révélés à un moment opportun pour produire un maximum d'effet – un peu comme un petit garçon lancerait des pétards sous le lit de sa sœur alors qu'elle fait la sieste par un chaud après-midi d'été.

Ce que Sister gardait pour elle en cet instant n'était pas tant un secret qu'une opinion, et cette opinion concernait Elinor Dammert. Sister avait la conviction que c'était une jeune femme puissante, et que le pouvoir qu'elle exerçait était comparable à celui de Mary-Love. Elinor Dammert mettait les choses en ordre. Elle les arrangeait. Elle les remettait d'aplomb. Elle sélectionnait des personnes et les disposait à sa convenance, comme un enfant place des figurines dans une arche de Noé. Sister se représentait James tel un pion en bois, mais grandeur nature. Dans sa tête, elle le voyait fixé sur un socle. Elle voyait Grace de la même façon mais en beaucoup plus petite. Zaddie était peinte en noir, Oscar avait un large sourire. Et, toujours dans l'imagination de Sister, Elinor Dammert passait ses bras autour de la taille de ces statues, les soulevait, les déplaçait à l'endroit qu'elle voulait, puis les reposait. Là, elles vacillaient légèrement, mais restaient en place.

Mary-Love, par contraste, flattait. Elle usait de stratagèmes psychologiques pour arriver à ses fins. Sister suspectait que des deux femmes, Elinor était la plus forte. Mary-Love en donnait l'apparence uniquement parce que Elinor se contenait. Alors qu'il était entièrement en son pouvoir de diriger Oscar à sa guise, Elinor voulait qu'il vienne à elle volontairement. Elle aurait très bien pu bousculer le pion représentant Mary-Love Caskey et la faire tourner en rond, telle une toupie, jusqu'à la nausée. Elinor jouait avec Mary-Love, elle entretenait l'aveuglement qu'avait la matriarche face à sa propre infériorité ; peut-être pour laisser une chance à Oscar de l'emporter sur sa mère sans aide. C'était ça que Sister taisait à Mary-Love, attendant le bon moment pour le lui dire.

Un soir, quelques jours avant Thanksgiving, Sister eut mal à la tête. Mary-Love avait passé l'après-midi à se montrer médisante au sujet d'Elinor – un sujet dont Sister avait plus que suffisamment entendu parler, d'autant plus qu'elle considérait chaque remarque de sa mère comme inexacte et perfide. Alors qu'elles étaient toutes deux assises à la table de la cuisine à manger des restes de côtes de porc et de maïs, Mary-Love reprit ses lamentations.

« Qu'est-ce qu'on va bien pouvoir faire à Thanksgiving ?

— Comment ça ? demanda Sister avec lassitude en découpant le gras de sa viande.

— On va célébrer ça ici, bien sûr, et on va inviter James et Grace, mais j'aimerais bien savoir ce que James va vouloir faire de cette femme ! »

Mary-Love ne pouvait se résoudre à prononcer « Mademoiselle Elinor », aussi l'appelait-elle toujours « cette femme ». Cela portait parfois à confusion, puisqu'elle utilisait la même épithète pour désigner sa belle-sœur, Genevieve Caskey.

Sister ne dit rien, et il était si rare qu'elle ne réponde pas à une remarque de sa mère que ses silences étaient lourds de sens.

« Eh bien, Sister ?

— Tu en as parlé à James ? Tu l'as invité ?

— Évidemment que non ! Pourquoi ferais-je une chose pareille ? Où est-ce qu'ils pourraient bien aller autrement pour Thanksgiving ?

— James s'attend à ce que tu invites Mademoiselle Elinor.

— Hors de question ! Il t'a dit quoi que ce soit ?

— Oui. Qu'il s'attendait à ce que tu traverses la cour et que tu invites personnellement Mademoiselle Elinor à passer Thanksgiving avec nous.

— Pas la peine d'y compter ! Cette femme n'a pas encore mis le pied dans cette maison, et je ne vais certainement pas lui faire ce plaisir maintenant !

— Dans ce cas, James dit que lui, Grace et Mademoiselle Elinor fêteront Thanksgiving chez eux, qu'il t'invitera, et que si tu ne veux pas venir, ça sera ton problème.

— Sister, pourquoi est-ce *toi* qui me lances cet ultimatum ? Car c'est bien ça dont il s'agit ? », demanda-t-elle par principe, et comme Sister ne releva pas, elle répondit elle-même : « Oui, c'est le bon mot. C'est bien un ultimatum.

— James m'a demandé de te faire passer le message. Il me l'a dit cet après-midi.

— Sister ! s'écria Mary-Love au comble de l'exaspération. Je n'arrive pas à y croire ! »

Elle courut se poster à la fenêtre de la cuisine pour regarder dehors. La salle à manger de James était éclairée, et elle aperçut Elinor qui servait quelque chose à Grace.

« Maman, dit Sister en sentant son mal de tête empirer, les gens en ville pensent que tu es complètement folle de ne pas porter Elinor dans ton cœur. Tout le monde l'adore.

— Pas moi !

— Tout le monde *sauf* toi, maman.

— Bray non plus !

— Je vais te dire quelque chose, maman...

— Quoi ?

— Je crois que tu ferais mieux de commencer à apprécier Mademoiselle Elinor.

— Et pourquoi ?

— Parce que Oscar va finir par l'épouser. »

Mary-Love poussa un profond soupir et s'éloigna de la fenêtre.

« Je ne serais pas surprise, termina impitoyablement Sister, qu'il lui ait déjà fait sa demande. »

En vérité, c'était exactement ce qu'Oscar était en train de faire, d'une certaine manière, au moment où Elinor servait des petits pois à Grace.

« Mademoiselle Elinor, vous savez quoi ?

— Quoi donc ?

— Je pensais à Zaddie...

— Vous allez épuiser cette pauvre fille, à la faire courir dans tous les sens ! coupa James en riant. La présence d'Elinor et celle d'Oscar presque tous les soirs lui procurait le sentiment d'avoir enfin une famille.

— C'est aussi ce à quoi je pensais, poursuivit Oscar.

— Zaddie est plus fortunée que n'importe quelle autre petite fille à Perdido, blanche ou noire, dit Elinor en se redressant pour couper son jambon. Chaque fois que vous la voyez, vous lui donnez une pièce. Et moi aussi.

— Mais ses jambes ne la portent plus.

— Que veux-tu qu'Elinor fasse pour soulager les pauvres jambes de Zaddie ? », demanda James.

Zaddie, qui écoutait la conversation depuis la cuisine, apparut dans l'embrasure et souleva sa jupe afin de montrer que ses jambes se portaient à merveille.

« Madame Digman ne m'autorise pas à faire installer un téléphone dans sa salle de classe, dit Elinor. Puisque vous continuez à m'envoyer des messages, il faut bien que quelqu'un me les transmette.

— Mes jambes vont très bien… », commença Zaddie, mais Roxie la saisit par la jupe et la tira dans la cuisine.

« Les Blancs n'aiment pas voir des gamines noires quand ils mangent, la gronda Roxie, à moins qu'elles apportent un plat », ajouta-t-elle en fermant la porte, et Zaddie, pour un temps, n'entendit plus rien.

« Et si l'on se mariait ? suggéra Oscar. Comme ça, je n'aurais plus à vous envoyer de mots. »

Elinor releva la tête. Puis elle regarda James Caskey.

« Monsieur James, dit-elle, je crois qu'Oscar est en train de me demander en mariage.

— Et vous allez accepter ? demanda James, le visage illuminé de joie.

— Qu'en penses-tu, Grace ? Tu crois que je devrais épouser ton cousin ?

— Non ! s'écria l'enfant, le désespoir peint sur son visage.

— Pourquoi ?

— Je ne veux pas que tu partes !

— Où veux-tu que j'aille ? dit Elinor avant de regarder Oscar. Oscar, si je vous épouse, vous m'emmèneriez loin ?

— Jamais je ne quitterai Perdido, Mademoiselle Elinor !

— Loin de cette maison, je voulais dire. Où habiterions-nous ?

— Je ne sais pas, répondit Oscar au bout d'un moment. L'idée m'est venue à l'instant – pendant que James racontait ne pas avoir reçu de lettre de Genevieve. J'ai pensé que je devrais moi aussi me marier. Puis j'ai levé la tête et vous étiez là, célibataire comme moi. Je n'ai pas eu le temps d'y réfléchir en détail. Je n'ai pas encore acheté d'alliance, Mademoiselle Elinor, donc ce n'est pas la peine de me demander de vous la montrer. J'en serais incapable même si vous me mettiez un couteau sous la gorge. »

Grace saisit son couteau et l'agita comme pour suggérer à Elinor de mettre la menace à exécution. Son père formula les craintes de la petite fille.

« Oscar, dit-il, je ne crois pas qu'il soit juste de nous ôter Mademoiselle Elinor, à Grace et à moi. »

Oscar se tourna afin de regarder dehors et scruta la cuisine allumée de sa propre maison. Il vit sa mère qui les fixait, debout à la fenêtre.

« Quand j'y pense, je ne crois pas que maman va aimer ça non plus.

— Oscar, dit Elinor, Madame Mary-Love n'aime *rien* de ce qui nous concerne, vous et moi. Alors non, elle ne se réjouira pas de vous voir me conduire à l'autel.

— Elinor ! lança James. Vous n'avez jamais assisté à un mariage ? L'époux se tient devant l'autel, et ce sont la mariée et son père qui descendent l'allée. Comme votre père est mort, je suppose que je devrai prendre sa place.

— Monsieur James, voyons, je n'ai pas encore dit oui !

— Ne dis pas oui ! cria Grace. *Moi*, je veux t'épouser !

— Ma chérie, dit Elinor en souriant à l'enfant, si les filles pouvaient épouser les filles, alors je me marierais avec toi. Mais les filles doivent épouser les garçons. »

Oscar sourit et fit un signe à sa mère. Mary-Love disparut de la fenêtre.

« Oscar, reprit Elinor, puisque je ne suis pas autorisée à épouser Grace, je suppose qu'il faudra que vous et moi, on se marie. Mais je préfère être honnête : si j'avais pu, j'aurais choisi Grace. »

Avec une moue, la petite fille posa la tête sur ses poings et garda les yeux baissés sur son assiette.

Plus tard ce soir-là, Oscar apprit à Sister qu'il se fiançait, et Sister, à son tour, confia la nouvelle à sa mère. Mary-Love claqua la porte de sa chambre, dont elle ne ressortit qu'au bout de trois jours, prétextant une obscure indisposition. Sister dut organiser seule le repas de Thanksgiving et inviter elle-même James, Grace et Elinor.

Le matin des vacances, Mary-Love paraissait lasse et triste, comme si elle avait non seulement appris que son cousin préféré était mort, mais qu'il ne lui avait rien légué. Elle ouvrit la porte à James, Grace et Elinor. C'était la première fois qu'Elinor Dammert posait un pied dans sa maison.

« Sister m'a annoncé qu'Oscar et vous alliez vous marier, dit-elle.

— Oscar ne t'a rien dit ? s'étonna James.

— Sister me l'a annoncé, répéta Mary-Love.

— Sister a raison, dit Elinor sans se démonter. Oscar et moi allons nous marier. Il craignait d'épuiser Zaddie à lui faire transmettre autant de messages. Les couples mariés ne s'écrivent pas.

— Zaddie, rétorqua Mary-Love, a *peut-être* mieux à faire que de jouer les messagères. Elle a *peut-être* du travail qui l'attend à la maison. Après tout, je me demande pourquoi on la paie. Elle serait *peut-être* plus utile sur le dos de la vieille mule de Creola Sapp. »

Lorsqu'elle était bouleversée, Mary-Love avait tendance à parler avec emphase.

Elinor Dammert ne laissa paraître aucun signe de triomphe au cours du repas. Mais elle ne cilla pas non plus sous le regard inquisiteur de Mary-Love. Elle semblait parfaitement à son aise, riant même aux éclats à une plaisanterie que James raconta à Sister.

Il y eut deux gâteaux pour le dessert, l'un au chocolat et l'autre à la noix de coco, et trois tartes : à la crème, aux noix de pécan et une dernière aux raisins. Sister et Elinor les découpèrent et firent le service.

« Sister m'a dit qu'aucune date n'avait encore été fixée pour le mariage, dit Mary-Love une fois servie.

— C'est exact, répondit James. Tu comprends, on voulait d'abord en discuter avec toi.

— C'est à la famille d'Elinor de décider.

— Ma famille est morte », fit Elinor.

Tout le monde à table la dévisagea avec consternation. En dehors de James, personne n'était au courant, et lui-même avait comme oublié. Ils étaient persuadés qu'elle avait encore des parents en vie à Wade.

« Tous ? demanda Sister.

— Il ne reste que moi.

— Dans ce cas, maman, on va avoir besoin de ton aide.

— La première chose à faire, dit Mary-Love avec empressement, c'est de fixer une date.

— D'accord », acquiesça Oscar.

Au cours du repas, Mary-Love avait adressé plusieurs remarques à Elinor, aucune à son fils. Oscar lui avait même posé une question qu'elle avait feint de ne pas entendre.

« Dans un an jour pour jour », poursuivit Mary-Love.

Elinor se figea derrière Mary-Love, une assiette avec une part de tarte destinée à Grace à la main, qui tentait en vain de l'attraper. Elle fixa Oscar intensément sans dire un mot.

« Maman, c'est dans une éternité ! se récria Oscar. Elinor et moi pensions nous marier en février. Et toi tu parles...

— Mademoiselle Elinor, ni vous ni Oscar n'avez d'endroit où habiter, n'est-ce pas ? », le coupa Mary-Love.

Sortant finalement de sa stupeur, Elinor tendit son assiette à la petite fille.

« Non, Madame, répondit-elle, pas encore. Mais je crois que nous n'aurons aucun mal à trouver quelque chose.

— Rien de convenable, dit Mary-Love en regardant droit devant elle. Ni quelque chose qui vous irait vraiment. Si vous vous mariez en février, il faudra que vous habitiez ici avec Sister et moi.

— Non ! cria Grace. Elinor a dit...

— Silence, Grace ! siffla Sister, à voix basse.

— Je leur ai proposé de vivre chez moi, dit James.

— Tu as moins de place que moi, rétorqua Mary-Love. Et puis ça ne se fait pas pour des jeunes mariés de partager leur espace. Ils ont besoin d'être seuls, ajouta-t-elle d'un ton glacial qui contrastait avec ses propos.

— Maman, je ne vois pas en quoi attendre un an résoudra le problème, dit Oscar. Il faudra quand même qu'on cherche un endroit où vivre.

— Non », répondit sèchement Mary-Love en regardant son fils pour la première fois depuis le début du repas.

Oscar rougit et détourna les yeux. Elinor avait repris sa place à table et observait son futur époux en silence.

« J'ai déjà décidé quel cadeau de mariage je vais vous offrir.

— Quoi ? demanda Oscar en levant la tête.

— Je vais vous faire construire une maison juste à côté de la nôtre, entre celle-ci et la limite de la ville », énonça-t-elle rapidement, et avant même que quiconque puisse exprimer sa surprise, elle ajouta : « Mais même si les travaux commençaient demain – et ça ne sera pas le cas, parce que je n'en ai encore discuté avec personne –, ils ne seront pas achevés avant avril ou mai, et puis il faudra ensuite meubler et décorer la maison. Sister et moi allons nous en occuper – Mademoiselle Elinor, vous n'aurez absolument rien à faire. »

Elinor gardait le silence.

« Lorsque la maison sera finie, nous pourrons organiser le mariage, poursuivit Mary-Love. Ça prendra encore deux ou trois mois. Oscar est mon seul fils, je veux que tout soit parfait. Qu'en penses-tu, Oscar ? », demanda-t-elle sur un ton qui ne souffrait aucune contestation.

Oscar se tourna vers Elinor Dammert. Celle-ci ne dit rien, ne cilla pas ni ne changea d'expression. Elle ne livra aucun indice quant à ce qu'elle pensait qu'il devrait répondre – en vérité, seule son ignorance masculine empêchait Oscar de comprendre qu'*aucun indice* était en soi un indice suffisant.

« Maman, est-ce qu'on doit vraiment attendre un an ? demanda-t-il enfin.

— Oui. »

Oscar acquiesça en silence.

« Mademoiselle Elinor ? dit Mary-Love.

— C'est Oscar qui décide », répondit-elle en portant à ses lèvres une bouchée de gâteau à la noix de coco.

LES REPRÉSAILLES D'OSCAR

Bien que les hivers soient doux à Perdido, la dernière semaine de janvier était presque toujours glaciale. Inévitablement, une vieille Noire habitant à la campagne une bicoque aux murs en couches de papier journal succombait; son corps n'étant découvert que par ses petits-enfants venus récolter ses dernières noix de pécan. Ces quelques jours étaient l'occasion pour les femmes et les filles des propriétaires des scieries d'exhiber leurs manteaux de fourrure. Partout les canalisations cédaient et les gens restaient assis dans la cuisine près du poêle. Mais à l'exception de cette terrible semaine, il était possible de profiter de l'extérieur toute l'année. Et la météo n'empêcha jamais Elinor de se rendre à l'école dans le petit canot vert de Bray. La rumeur voulait que, tels les poissons qui y nageaient, elle ne ressentît pas le froid de la rivière.

Au cours du premier hiver qu'Elinor passa à Perdido, celui de l'année 1920, la ville entière fut mise au courant de l'arrangement entre Mary-Love et Oscar – un pacte dont chacun perçut bien la véritable essence. En échange du report d'une année du mariage d'Oscar – période durant laquelle Mary-Love espérait probablement que le couple rompe leurs fiançailles –, elle allait faire construire à son fils une belle demeure proche de la sienne. En supposant que son souhait se réalise et qu'Elinor retourne d'où elle venait, où que ce puisse être, Mary-Love garderait son fils pour elle, et son seul problème serait de savoir quoi faire de la nouvelle maison. Peut-être, se plaisaient à conjecturer ceux qui aimaient se perdre en hypothèses, y emménagerait-elle.

Personne ne sut jamais ce qu'Elinor pensait de cet arrangement. Elle ne se plaignit pas, même lorsque Noël puis le Nouvel An passèrent et que les travaux n'avaient toujours pas commencé. Il n'y avait pas de plans d'architecte à examiner, pas de contrat de maîtrise d'œuvre à faire valoir pour l'obtention d'un permis de construire, pas de cordes ou de piquets de chantier plantés dans la terre sableuse. Mary-Love laissa filer l'hiver, et chaque fois qu'Oscar évoquait le sujet elle s'exclamait : « Oh, Oscar, ce sera la plus belle maison de toute la ville ! », avant de marmonner une excuse quelconque et de quitter la pièce.

Au printemps 1920, les pluies revinrent, mais moins sévères que celles de l'année précédente. Tout le monde était nerveux et passait son temps à scruter les rivières avec appréhension – ce qui, compte tenu de la géographie de Perdido, arrivait fréquemment –, aussi les habitants prirent-ils l'habitude de demander à Elinor son avis. Après tout, elle naviguait tous les jours sur la Perdido. Y compris les samedis et dimanches, lorsqu'elle se rendait à l'église en barque, Oscar paresseusement assis à la proue, l'air visiblement satisfait.

À ceux qui, avant l'office, lui faisaient remarquer la difficulté de la tâche pour sa future femme, Oscar se contentait de répondre : « Seigneur, vous pensez *vraiment* que j'ai assez de force pour traverser l'embouchure à la rame ? J'ai même pensé à embaucher Elinor pour remonter la Blackwater et abattre quelques cyprès pour moi. Elle a répondu qu'elle le ferait volontiers si je payais quelqu'un pour l'aider à ramener le chargement en ville. »

Elinor côtoyant la rivière de plus près que n'importe qui, elle saurait si une nouvelle crue se préparait. La jeune femme était rassurante : non, il n'y aurait pas d'inondation cette année. Comment le savait-elle ? À la façon dont les branches flottaient dans l'eau et au type de branches qui dérivaient. À la vitesse de rotation du tourbillon et aux animaux morts qui y étaient aspirés. À la couleur de la boue – et personne n'avait jamais pensé que la boue de la Perdido puisse changer de couleur, ce qu'Elinor leur avait pourtant affirmé. Aux fluctuations des berges sablonneuses et des courants, et à la quantité d'argile qui s'échouait sur le rivage. Des fluctuations qu'aucun habitant de Perdido ne pouvait voir, encore moins interpréter. Mais parce que Elinor en était convaincue, tous se persuadèrent de pouvoir échapper à une crue cette année-là.

Cela ne signifiait pas pour autant qu'il ne pleuvrait pas. Au contraire. Durant la floraison des azalées, de fin février à mars, il n'y eut que de légères averses, si bien que leurs fleurs moururent de leur belle mort, toujours sur leurs branches. Lorsque ce fut au tour des roses d'éclore, la pluie devenue drue gorgea la terre au pied des plants.

S'il pleuvait durant les heures de classe, Elinor demandait aux élèves d'ouvrir grand les fenêtres. « Respirez-moi ça ! », les encourageait-elle, et les enfants emplissaient leurs poumons de l'air gorgé d'humidité. Si elle était à la maison, elle installait son siège tout au bord du porche. Flanquée de chaque côté de Zaddie et Grace, elle regardait comme hypnotisée le rideau de pluie tomber du toit, éclabousser les marches et la balustrade, mouiller leurs pieds et l'ourlet de leur robe. Les fillettes se seraient volontiers abritées, mais Elinor les rassurait : « Ça séchera. Ne vous inquiétez pas, rien ne sèche plus vite que l'eau de pluie ! Il n'y a pas plus doux comme eau ! » Puis, se penchant en avant, elle recueillait dans ses mains en coupe les gouttes qui cascadaient du toit et les tendait aux jeunes filles afin qu'elles les lapent tels deux chiots obéissants.

Oscar se sentait non seulement coupable parce qu'il avait cédé à sa mère, mais aussi parce que Elinor refusait de lui dire ce qu'il avait fait de travers. Il continua à lui faire la cour comme avant, à une exception près : chaque fois qu'il évoquait le cadeau de mariage de Mary-Love ou la date de la cérémonie, Elinor gardait un silence obstiné et ne répondait à ses questions que d'un oui ou d'un non maussade.

Oscar était déterminé à lui montrer qu'il n'était pas faible et ne craignait pas d'affronter sa mère. Certes, il avait conclu un pacte et était tenu de le respecter, mais ce serait le dernier. Le mariage ne serait pas repoussé d'une semaine supplémentaire. Il y avait aussi la grande question de la maison.

« Maman, tu retardes les travaux exprès, dit-il un jour.

— Bien sûr que non !

— Si. Tu le fais parce que tu ne veux pas qu'Elinor et moi on se marie. »

Mary-Love ne répondit rien. Contredire une telle accusation était un mensonge qu'elle ne pouvait se résoudre à proférer.

« Je te préviens, maman, poursuivit-il. Elinor et moi nous marierons le samedi après Thanksgiving, que la maison soit prête ou non. S'il n'y a pas de maison, on ira vivre ailleurs. Et *ailleurs*, ce pourra être Perdido ou pas… »

Les paroles d'Oscar convainquirent Mary-Love. Elle savait que son fils mettrait sa menace à exécution, de même qu'elle savait qu'il ne romprait pas le pacte qu'ils avaient conclu. Malgré le froid, elle se rendit à Mobile dès le lendemain pour parler à des architectes. L'un d'eux vint à Perdido le lundi suivant et, après avoir examiné le terrain, discuta avec Mary-Love du type d'habitation qu'elle souhaitait faire construire. Le chantier commença la deuxième semaine de mars.

Il fut décidé que la maison serait érigée à côté de celle de Mary-Love, au bout de l'étendue sableuse aux abords de la ville. Toutes les fenêtres côté est donneraient directement sur une forêt de pins et de pruches de l'Est qui délimitait la propriété des Caskey. Elle serait plus éloignée de la route que celle de Mary-Love, mais puisque la Perdido s'incurvait au nord à cet endroit, les deux demeures seraient à égale distance du cours d'eau. Pour commencer le chantier, il fallut d'abord abattre six des arbres d'Elinor. Les chênes d'eau ayant atteint une croissance suffisante, ils furent transportés à la scierie et découpés en planches étroites qui serviraient plus tard à construire une treille à l'arrière de la maison. L'abattage de ces arbres fut l'unique consolation de Mary-Love dans cette affaire.

C'est ainsi que débuta le chantier, à soixante mètres à peine du porche de James où Elinor aimait s'asseoir. Si elle s'était mise debout et penchée légèrement en avant, elle aurait vu s'élever sa future demeure, mais Elinor refusait de se donner cette peine. À ses pieds, Zaddie lui disait :

« Mam'selle Elinor, pourquoi vous allez pas voir votre nouvelle maison ?

— C'est Madame Mary-Love qui la fait construire.

— Mais elle est pour toi ! », s'écriait Grace.

La petite fille ne s'était habituée que récemment à l'idée du départ d'Elinor. En secret, elle avait échafaudé un plan pour s'enfuir de chez elle le lendemain du mariage et envoyer une lettre avertissant qu'elle reviendrait à la seule condition qu'Elinor l'adopte.

« Lorsque cette maison sera finie et qu'elle nous appartiendra à Oscar et à moi, poursuivit Elinor, nous aurons tout le loisir de découvrir à quoi elle ressemble. »

Oscar savait que sa fiancée n'était pas allée voir la maison, même si au premier jour de mai on pouvait accéder à l'étage. C'était la plus vaste et la plus belle de Perdido, et Oscar se faisait une joie de la décrire à Elinor. Il en détaillait l'aménagement et dessinait des plans comme s'il s'agissait d'un caveau funéraire entièrement en marbre, érigé de l'autre côté du monde et dont il doutait qu'elle puisse le voir un jour, plutôt que la maison toute proche qui leur était destinée. Elinor l'écoutait patiemment et, lorsqu'il avait fini, répondait avec simplicité :

« Tout ça m'a l'air très bien, Oscar. Je sais que vous brûlez d'impatience d'y habiter.

— Et vous, alors ? Maman fait construire cette maison pour vous autant que pour moi !

— Oh ! Je n'y penserai pas avant le samedi suivant Thanksgiving. »

Après une énième discussion de ce genre, Oscar alla voir Sister.

« Sister, Elinor pense que je vais me dégonfler. Elle pense que je vais laisser maman me duper une nouvelle fois... Tu sais que je me suis fait avoir par maman, n'est-ce pas ?

— Elinor est seulement en colère contre toi. Elle est déçue que tu n'aies pas été plus malin.

— Je n'étais pas préparé ! se défendit Oscar. Maman m'a tendu un piège !

— Les hommes sont censés être plus malins que les femmes.

— Personne à Perdido ne m'a jamais dit ça. Et puis, je ne crois pas que ce soit ce que tu penses vraiment !

— En effet, dit Sister après un silence, je n'y crois

absolument pas. Écoute-moi… », ajouta-t-elle sur un ton qu'il ne lui avait jamais entendu avant.

Ils se trouvaient dans la chambre de Sister, et sa sœur lui fit signe de s'asseoir. Ce qu'il fit, près de la fenêtre d'où il pouvait voir la rivière, d'où il pouvait voir les chênes d'eau.

« Elle gagne du temps.

— Qu'est-ce que tu veux dire ?

— Je veux dire qu'elle attend de voir si tu vas agir comme il faut.

— Sister, je ne comprends pas.

— Réfléchis un instant, fit-elle d'une voix exaspérée. Si Elinor n'a encore parlé de rien, c'est parce qu'elle veut jouer franc jeu.

— Franc jeu ? répéta-t-il.

— Oscar, tu ne crois pas que si Elinor avait insisté dès le début, elle et toi seriez déjà mariés ? Tu ne comprends pas que la maison serait finie et que vous habiteriez dedans ? »

Oscar réfléchit un moment, puis il acquiesça lentement.

« Oscar, ce que tu es bête…

— Je le sais ! s'exclama-t-il, et il le pensait réellement.

— … de ne pas voir à quel point Elinor et maman se ressemblent ? Maman te dit quoi faire et tu le fais. Elinor te dit quoi faire et tu le fais.

— Justement Sister, c'est tout le problème. Elinor refuse de me dire ce qu'elle veut ! »

— Évidemment. Elle attend que tu agisses ne serait-ce qu'un peu par toi-même. C'est pour ça qu'elle ne dit rien. Elle ne dira rien contre maman. Elle ne te dira pas ce que tu dois faire. Mais Oscar, Seigneur, si tu réfléchissais cinq minutes, tu *saurais* quoi faire. Je n'arrive pas à croire que tu n'aies pas encore pris les choses en main ! »

Sister se leva et quitta la pièce. Oscar resta assis encore un moment à contempler la rivière qui coulait derrière la vitre. Jamais de toute sa vie il n'avait entendu sa sœur parler de manière aussi directe.

Le dernier jeudi de mai, Oscar passa voir son oncle. Comme à l'accoutumée, Elinor, Zaddie et Grace étaient assises sous le porche. Les deux premières écossaient des pois tandis que la troisième lisait à voix haute un livre sur les Esquimaux. Oscar se pencha vers Elinor et lui annonça sans préambule :

« Elinor, pourriez-vous avertir l'école que vous n'irez pas travailler demain ?

— Je pourrais en effet, répondit-elle. Y a-t-il une raison à cela ?

— Tout à fait.

— Alors je le ferai, dit Elinor sans lui en demander plus.

— Pourquoi ? intervint Grace.

— Chut ! lança Oscar. Surtout, pas un mot à

maman, ni à qui que ce soit, tu m'entends Grace ? Toi aussi Zaddie ?

— Oui ! crièrent les deux petites filles à l'unisson.

— Demain je vais prendre ma journée, moi aussi. Elinor, je viendrai vous chercher dès que maman sera partie pour Mobile. Elle y va avec Caroline DeBordenave. Je sais que Caroline aime partir de bonne heure. »

Elinor acquiesça et dit simplement : « Oscar, Madame Mary-Love vous regarde. Elle se demande sûrement pourquoi vous chuchotez. »

« Eh, maman ! lança Oscar en se tournant avant d'adresser un signe de la main à sa mère. Je suis rentré ! »

Caroline DeBordenave et Mary-Love Caskey s'en allèrent le lendemain matin à sept heures à bord de l'auto de Caroline. Elles avaient l'intention de rester à Mobile jusqu'au lendemain. Oscar, qui s'était attardé à la table du petit déjeuner au point que sa mère avait commencé à se poser des questions, se leva et regarda la voiture s'éloigner.

« Sister, tu vas nous aider, Elinor et moi, aujourd'hui ?

— Vous aider à quoi ? », demanda Sister en retirant la croûte de son toast.

Oscar se tourna vers elle avec un grand sourire.

« Eh bien, nous aider à nous marier. »

Zaddie ratissait la cour et examinait le ciel dégagé, se demandant quand les nuages arriveraient – elle savait qu'il allait pleuvoir parce que Elinor le lui avait dit. Elinor, Grace et James prenaient encore leur petit déjeuner lorsque Oscar entra sans frapper chez son oncle.

Elinor annonça : « Zaddie va aller à l'école à sept heures et demie pour avertir Madame Digman que je ne me sens pas bien. »

Elle n'avait toujours pas demandé à Oscar pourquoi il souhaitait qu'elle reste à la maison.

« Oscar, je suis le président du conseil académique, dit James, et je n'approuve pas qu'Elinor mente à Madame Digman. C'est pourquoi je veux que tu nous dises ce qui se passe.

— Aujourd'hui, Elinor et moi allons nous marier. »

Elinor ne montra aucune surprise.

« Que pense Madame Mary-Love de ce projet ?

— Je l'ignore, répondit Oscar.

— Et l'arrangement que vous avez conclu ?

— Maman m'a tendu un piège ! Elle m'a pris au dépourvu !

— Elle va être très contrariée, Oscar. Il se peut même qu'elle reprenne sa maison.

— Pour la donner à qui ? demanda James, tout à fait ravi de la décision d'Oscar même si cela signifiait mentir à la fois à Madame Digman et à Mary-Love.

— À moi ! s'écria Grace. Je la veux. Il y a une véranda à l'étage et tante Mary-Love dit qu'elle aura quatre balancelles. Papa, toi, Zaddie et moi, on pourra vivre dedans.

— Pas question que je quitte cette maison, rétorqua James, qui répondait toujours avec un parfait sérieux aux plus folles suggestions de sa fille.

— Maman ne peut rien faire contre nous, poursuivit Oscar. J'ai préparé les documents et j'ai discuté avec Annie Bell Driver. Tout est décidé.

— C'est la bonne décision, Oscar, dit James. Je m'en réjouis. Mais je veux qu'Elinor sache que nous allons tous nous racornir et mourir sans elle. Pas vrai, Grace ?

— On va mourir ! s'exclama celle-ci en hochant la tête avec vigueur.

— Mais non, dit Elinor. Où le mariage est-il supposé avoir lieu ? Et quand ?

— Aujourd'hui, bien sûr. Pendant que maman est à Mobile. J'ignore où exactement, je…

— Ici ! cria Grace.

— Ici, renchérit James. Vous pouvez vous marier dans le petit salon.

— Très bien », acquiesça Oscar.

Elinor réagit avec un calme déconcertant à la nouvelle de son mariage imminent, comme si elle attendait depuis des mois cet événement pour le moins surprenant, car elle se contenta de répondre : « Oscar, j'aimerais finir mon petit déjeuner. Puis il faudra que je réfléchisse à une tenue. Vous ne me laissez pas beaucoup de temps pour me préparer. »

Sister s'occupait déjà de la robe. Elle avait appelé Madame Daughtry, la couturière, et avant qu'Elinor ne se soit levée de table, celle-ci toquait à la porte. Elinor tenait encore un biscuit dans une main et une tasse de café dans l'autre lorsqu'on prit ses mesures.

Tandis que Madame Daughtry, installée dans l'atelier de couture, confectionnait la robe dans laquelle Elinor allait se marier, Ivey Sapp cuisina gâteaux et tartes, et Roxie Welles, le repas de mariage. Munie d'une hachette, Zaddie descendit sur les berges de la Perdido et coupa des branches pour décorer le petit salon de James Caskey.

Rejoints par Annie Bell Driver, Elinor, Oscar et James déjeunèrent à la hâte. Elinor était en ville depuis bientôt un an, cependant elle n'était proche que de James, de Grace et d'Oscar. Hormis la famille Caskey et les élèves de l'école, elle ne fréquentait personne excepté Annie Bell Driver qui, lorsqu'elle passait en chariot devant chez James et voyait Elinor sous le porche, s'arrêtait et discutait un quart d'heure avec elle. Bien que toutes les deux ne soient pas intimes, Annie Bell savait ce que Mary-Love pensait de la relation entre son fils et la jeune femme. Oscar lui avait demandé de célébrer le mariage non seulement en raison de l'amitié qu'elle portait à Elinor, mais aussi parce que aucun autre pasteur en ville ne se serait risqué à contrarier Mary-Love.

Après le déjeuner, Elinor envoya Zaddie annoncer à Madame Digman qu'elle se sentait beaucoup mieux, tellement d'ailleurs qu'elle avait décidé d'épouser Oscar dans la foulée, aussi ne serait-elle probablement pas de retour à l'école avant mardi. Zaddie revint avec les félicitations de la directrice. Elle revint aussi avec Grace, ce qui valait mieux car la petite fille ne pouvait penser à rien d'autre qu'au mariage et n'avait pas écouté un seul mot de toute la matinée. Dans l'après-midi, Elinor et Oscar firent leurs bagages en vue de leur lune de miel et Sister resta sous le porche à pleurer. À quatorze heures, une pluie fine se mit à tomber de nuages épars, encore loin d'avoir rempli le ciel. Au sud, le soleil filtrait et un arc-en-ciel se forma au-dessus de Perdido. Ivey Sapp raconta à Zaddie que la pluie qui tombait du soleil était la preuve irréfutable que le diable battait sa femme.

« Sister ! s'exclama Oscar en pénétrant sous le porche. Pourquoi est-ce que tu pleures ?

— Oscar, tu te maries !

— Je sais. Et c'est moi qui l'ai décidé, cette fois. Je l'ai fait à ma façon.

— Tu me laisses seule ici avec maman. C'est tellement déprimant ! Je veux partir avec Elinor et toi, ce soir. Prenez-moi avec vous !

— Voyons Sister, tu sais bien qu'on ne peut pas

t'emmener en voyage de noces.

— Je veux venir ! Pourquoi c'est à moi d'annoncer à maman que tu t'es marié pendant qu'elle allait acheter des rideaux ?

— Je lui annoncerai... après notre lune de miel. Même si, pour être franc, je préférerais ne pas le faire. Mais c'est mon mariage, donc c'est moi qui dois le lui dire.

— Oscar, elle le *saura* dès qu'elle verra qu'Elinor et toi vous êtes partis !

— Tu diras à maman qu'on n'a pas pu attendre... Un autre été, c'était trop long. »

La pluie coulait du toit, éclaboussant la rampe du porche, si bien qu'Oscar recula d'un pas. Elinor lui fit signe depuis la maison voisine.

« Une demi-heure ! cria-t-elle. Envoie-moi Zaddie pour que Roxie puisse la coiffer ! »

Le mariage était prévu à dix-sept heures. On décora le petit salon avec les branches de pruche et de cèdre qui ce matin-là encore envahissaient les abords de la rivière. Madame Daughtry n'ayant pas eu le temps de finir la robe – elle était seulement faufilée –, la couturière demanda à Elinor de ne pas faire de mouvements brusques ni de lever les bras. Zaddie et Grace, officiant comme demoiselles d'honneur, étaient vêtues de robes blanches et portaient chacune un panier rempli de pétales de lilas des Indes. James conduisit Elinor à son bras. Les seuls invités étaient Roxie, Ivey et Bray, et ils se tenaient sur le seuil de la salle à manger. Assise sur le canapé, Sister pleurait des larmes amères.

La pluie ne cessait pas, et les nuages avaient à présent entièrement obscurci le ciel.

Afin d'être entendue par-dessus le crépitement des gouttes contre les vitres et le toit, Annie Bell Driver dut élever la voix comme pour un sermon dans une vaste église. La pluie battit les carreaux, goutta de l'appui des fenêtres et coula le long du conduit de cheminée jusqu'à ce que la pièce entière sente le sous-bois humide.

Bray avait déjà casé les valises du couple dans la Torpedo, et Elinor refusa de prendre un parapluie pour marcher jusqu'à l'auto garée devant chez Mary-Love. Lorsqu'elle leva le bras pour dire au revoir à tout le monde, les coutures de ses manches se défirent. Assise sur le siège passager, elle riait aux éclats quand Oscar s'éloigna sur la route submergée par cinq centimètres d'une eau boueuse et teintée par la couleur de l'argile qui se trouvait en dessous – teintée de rouge, le rouge de la Perdido.

GENEVIEVE

L'après-midi du premier lundi de juin, la chaleur s'installa à Perdido. Derrière la propriété des Caskey, le niveau de la rivière était bas, et l'eau, plus trouble et ocre que jamais. Sister et Mary-Love étaient assises à l'abri du soleil oppressant, sous le porche situé à gauche de la maison de cette dernière. Mary-Love tenait deux larges pièces de tissu à motif, un bleu pâle et un mauve pâle, dont elle découpait des carrés et des triangles à l'aide d'un gabarit en carton. Patiente et l'œil sûr, Sister cousait entre elles les formes géométriques pour créer de plus grands carrés. Dans une semaine environ, elles en auraient assez pour assembler un dessus-de-lit.

Quand l'automobile d'Oscar se gara devant la maison, Sister leva la tête. Pas Mary-Love.

« Ce sont eux ? », demanda calmement cette dernière.

Sister regarda sa mère avec appréhension et hocha la tête. À son retour de Mobile le samedi précédent, Mary-Love avait immédiatement appris de Sister le mariage précipité d'Oscar et de l'institutrice rousse. À partir du moment où la désastreuse nouvelle était sortie tremblante des lèvres de sa fille, Mary-Love avait interdit à quiconque d'aborder le sujet. Elle avait refusé d'ouvrir sa porte à ses amis – y compris Caroline DeBordenave et Manda Turk – venus présenter leurs félicitations, sincères ou moins sincères. Les habitants de Perdido sentirent qu'elle prenait mal la nouvelle, mais sans savoir précisément pourquoi. Sans conteste, ce devait être humiliant d'apprendre que son fils unique s'était marié en cachette alors qu'on était parti acheter du tissu pour des rideaux. Mary-Love n'était même pas allée à l'église le lendemain, et pendant deux jours Sister n'osa prononcer le moindre mot, de crainte d'éveiller sa fureur.

« Que porte Mademoiselle Elinor, Sister ?

— Elle est vraiment belle, maman.

— Je n'en doute pas », dit Mary-Love en faisant claquer ses ciseaux.

Elinor et Oscar remontèrent l'allée qui menait à l'entrée principale.

« Nous sommes ici ! », cria Sister depuis le porche latéral.

Elinor se dirigea sans hésitation vers elles. Valises en mains, Oscar marchait quelques pas derrière. Il avait nourri le faible espoir que sa mère aurait décidé de quitter la ville pour quelques semaines, aussi se figea-t-il un instant, le temps de se remettre de sa déception à la vue de Mary-Love qui, une paire de ciseaux à la main, attendait leur retour.

« Bonjour, Sister. Bonjour, Madame Mary-Love. Oscar et moi sommes de retour.

— Oh, comme tu es ravissante ! s'exclama Sister, se levant avec une telle précipitation que les carrés et triangles de tissu glissèrent de ses genoux et tombèrent sur le tapis.

— Sister ! s'indigna sa mère. Je me suis donné tant de mal !

— Pardon maman, mais regarde comme Mademoiselle Elinor est ravissante, elle…

— Tout à fait, la coupa Mary-Love. Elinor, viens donc m'embrasser. »

Obéissante, celle-ci s'approcha et déposa un léger baiser sur la joue tendue de sa belle-mère.

« Oscar ? reprit Mary-Love.

— Nous sommes rentrés, maman, dit celui-ci arrivant enfin.

— Tu ne m'embrasses pas ? »

Oscar s'exécuta. Les jeunes mariés se tenaient debout face au siège à bascule de Mary-Love.

« Alors comme ça, vous n'avez pas pu attendre.

— Pas une minute de plus », répondit Elinor.

Mary-Love les examina peut-être cinq secondes, puis elle reprit ses ciseaux et son gabarit. C'est tout ce qu'elle comptait dire.

« Maman, commença Oscar d'un ton repentant,

ce n'est pas qu'on ne voulait pas que tu sois présente à notre mariage, c'est juste…

— Pas la peine de chercher des excuses! dit rageusement Mary-Love en relevant la tête pour le regarder. Ce n'est pas moi qui me suis mariée! Ça m'a évité un tas de soucis et de dépenses! Mais Oscar, tu sais que la maison n'est pas encore prête, n'est-ce pas? Elle en est même loin…

— Je sais, maman, mais…

— Ce que j'aimerais savoir, c'est où est-ce que vous comptez vivre, Elinor et toi?

— Avec James. Il est d'accord pour qu'on s'installe dans la chambre d'Elinor jusqu'à ce que les travaux soient finis. Il a dit que ça ne le dérangeait pas du tout, au contraire, que ça lui ferait très plaisir de nous avoir chez lui. Et Grace n'est pas prête à voir Elinor partir. »

Une grimace passa sur le visage de Sister.

« Qu'est-ce qui ne va pas? », demanda Oscar.

Elinor avait pris place sur la balancelle face à Mary-Love, et Oscar s'assit à ses côtés.

« Vous n'allez pas habiter chez James, dit Mary-Love.

— Vous ne pouvez pas habiter chez James! lâcha Sister. Pauvre Grace…

— Pourquoi pas? demanda Oscar. James m'a dit…

— Arrête de te balancer, dit Mary-Love en interrompant les mouvements de sa paire de ciseaux.

Arrête de te balancer et écoute. »

Rivant ses pieds au sol, Elinor cessa de se balancer. Oscar et Sister retinrent leur souffle. De l'autre côté de la cour, la voix stridente d'une femme monta de la maison de James Caskey. C'est alors qu'Oscar nota l'absence de la moindre empreinte de pas dans l'étendue de sable qui séparait les deux maisons ; fait inhabituel, car ces derniers mois les allées et venues n'avaient pas cessé. Ils entendirent la voix perçante s'élever à nouveau et retomber, puis voyager de la fenêtre de la salle à manger à celle de la cuisine.

Oscar blêmit.

« Pauvre Grace... répéta Sister.

— Pauvre Roxie, ajouta vivement Mary-Love. Pauvre James.

— Seigneur... murmura Oscar. Genevieve est de retour. »

Elinor reprit son balancement :

« Quand est-elle arrivée ? demanda-t-elle.

— Hier matin, répondit Sister. Elle était assise sous le porche avec ses valises quand James, Grace et moi sommes rentrés de la messe. Elle s'est levée, a tendu les bras et a dit à Grace de venir l'embrasser. Mais la petite a refusé.

— On peut difficilement le lui reprocher, dit Mary-Love. Tu l'aurais fait, toi ?

— Genevieve est tout de même sa mère, répliqua Sister.

— Elinor, poursuivit Mary-Love, je n'arrive pas à décider si je me réjouis ou non que tu n'aies pas été là hier matin.

— Pourquoi donc, Madame Mary-Love ?

— Personne dans cette famille ne peut tenir tête à Genevieve. Moi, je ne peux pas. Et toi, Sister, tu y arrives ?

— Non... gémit Sister. Bien sûr que non.

— Oscar et James non plus. Mais j'ai toujours pensé que peut-être tu y arriverais, Elinor. En tout cas, c'est ce que j'ai espéré.

— Je parie qu'elle en serait capable, dit fièrement Oscar. Je suis sûr qu'elle pourrait tenir tête à n'importe qui. Elinor, ajouta-t-il en se tournant vers sa femme, pourquoi ne te demande-t-on pas de siéger à la Société des Nations ? Qu'on ne t'ait pas encore proposé le poste est un mystère ! »

Mary-Love ignora l'interruption facétieuse de son fils.

« Il vaut peut-être mieux qu'Oscar et toi ayez été ailleurs... À ce propos, où étiez-vous ?

— Nous sommes allés à Gulf Shores, répondit Elinor. J'ai demandé à Oscar de m'y emmener parce que j'adore l'eau.

— Si seulement tu avais vu Elinor dans les vagues, se rengorgea Oscar. Elle ne craint absolument aucun courant.

— Je parie que c'est une jolie ville ! s'exclama Sister.

— En effet, dit Elinor. Mais pour ne rien vous cacher, je crois que je préfère l'eau douce. »

Mary-Love ignora également cet échange.

« Genevieve sait tout de toi, Elinor.

— Qu'est-ce qu'elle sait ?

— Que tu as habité dans la maison de James. Que tu as pris soin de lui et de Grace. Elle sait tout ce qu'il y a à savoir, ajouta Mary-Love comme s'il s'agissait d'une évidence.

— Comment l'a-t-elle appris ?

— C'est Grace qui le lui a dit, intervint Sister. Hier après-midi, nous étions en train de coudre, comme aujourd'hui, et Genevieve était assise de l'autre côté de la cour et demandait à la pauvre petite plantée toute raide devant elle de lui raconter ce qui s'était passé au cours des quinze derniers mois.

— C'est le temps que Genevieve a passé à Nashville, expliqua Oscar. On espérait qu'elle y resterait encore un ou deux mois.

— On espérait qu'elle y resterait pour toujours, corrigea Mary-Love. Voilà ce qu'on espérait. Je ne la supporte pas... Elle me met hors de moi ! »

Mary-Love était aux prises avec un dilemme éthique. Bien entendu, elle désapprouvait le mariage soudain de son fils avec Elinor Dammert, et de manière générale, elle désapprouvait Elinor Dammert, mais force lui était de reconnaître qu'elle n'avait jamais vu son beau-frère aussi heureux depuis le décès de sa mère, Elvennia. Ce point en faveur d'Elinor n'était apparu qu'à la lumière du retour de Genevieve. En outre, Mary-Love savait qu'elle ne pourrait affronter les deux femmes en même temps, aussi valait-il mieux les monter l'une contre l'autre, même si ça voulait dire signer une trêve avec Elinor – et même si cette trêve donnait à tort l'impression qu'elle lui avait pardonné son mariage avec Oscar.

« Elinor, reprit Mary-Love au bout d'un moment, j'ai bien peur que vous soyez un peu à l'étroit dans ma maison.

— Maman, tu veux vraiment qu'on s'installe *ici* ? Je croyais...

— Où d'autre pouvez-vous aller ? Excepté l'*Osceola*, y a-t-il un endroit en ville où vous pourriez loger ? Tu as songé aux souvenirs qu'Elinor doit garder de cet hôtel ? À moins que tu n'aies l'intention d'emménager dans une maison encore ouverte aux quatre vents...

— Non, mais...

— Il n'y a pas de mais qui tienne. Elinor, toi qui aimes tant la Perdido, tu seras heureuse d'apprendre que la chambre d'Oscar donne directement sur la rivière ! »

Genevieve Caskey ne s'avéra ni aussi désagréable ni aussi dangereuse que ce que Mary-Love avait laissé entendre. Ce n'était en réalité rien d'autre qu'une mégère, et encore, pas tous les jours. Elle avait épousé James pour son argent, et parce que la nature de celui-ci le portait à être facilement dominé. Genevieve rendait son époux malheureux, essentiellement car il n'aurait jamais dû se marier. James avait l'esprit et le cœur d'un célibataire endurci ; qui plus est, le mariage n'avait en rien gommé le sceau de féminité dont il était frappé. Peut-être la réputation désastreuse de Genevieve parmi les habitants de Perdido était-elle due au fait que Mary-Love l'avait prise en grippe avant même de la connaître et qu'elle avait soigneusement nourri cette antipathie jusqu'à la transformer en haine – et en crainte. Peut-être aussi que les amis de Mary-Love avaient adopté cette attitude – à chacune de ces étapes de plus en plus virulentes – par pure politesse envers elle. Il se pouvait même que la ville entière se soit tellement habituée à entendre parler de l'épouse de James Caskey comme d'un monstre d'égoïsme, d'irascibilité et d'ivrognerie, qu'elle ne parvenait plus à la percevoir autrement ; quand bien même rien dans le comportement de Genevieve – en réalité, assez modéré – ne venait étayer cette opinion largement répandue.

À la suite de son mariage, elle avait passé trois ans à Perdido. De toutes les personnes qu'on lui avait présentées, il n'y en eut pas une qui ne sache au bout de quelques minutes ce que Genevieve Caskey pensait de ce coin de l'Alabama : que c'était la ville la plus lente, la plus ennuyeuse, la plus petite et la plus insignifiante de tout le sud des États-Unis. « Je suis sûre que je m'amuserais plus en trente minutes à un coin de rue de la Nouvelle-Orléans ou de Nashville qu'en une vie entière à Perdido. La chose la plus excitante à faire ici, c'est de s'asseoir au bord de la rivière et compter les cadavres d'opossums qui passent ! »

En vérité, on aurait pu reprocher à Genevieve d'être le genre de femme qui se fiche de s'adapter à son mari. Mais ça, ça s'appliquait à bien d'autres épouses à Perdido. L'autre défaut impardonnable de Genevieve était la boisson. Manda Turk soutenait que Genevieve Caskey n'aurait pas hésité à entrer dans un *saloon* si les femmes y avaient été admises… et s'il y avait eu un *saloon* à Perdido. Tout le monde savait qu'elle buvait, malgré les efforts de Roxie pour dissimuler les bouteilles vides, préalablement enroulées dans des torchons afin qu'elles ne tintent pas, dans de grands sacs en toile. Lorsque son fils Escue menait ces sacs à la décharge dans sa carriole, les gens commentaient : « Tiens, voilà la malédiction de James Caskey ! » Genevieve buvait tout ce qui lui tombait sous la main. Elle achetait aux Indiens vivant dans la forêt de l'alcool que leurs deux petites filles livraient chez elle à dos de mule. Elle envoyait Bray à la frontière de l'État, côté Floride, où la prohibition n'était pas en vigueur, et lui en faisait ramener des caisses entières. Puis elle passait ses journées assise à la fenêtre, une bouteille et un verre posés sur la table devant elle.

Pourtant, c'était une belle femme et ses robes venaient de New York. Elle avait aussi l'esprit vif et cinglant, et connaissait les noms complets de chacun des présidents élus aux États-Unis. Lorsqu'elle résidait ailleurs, soit la plupart du temps, James Caskey lui envoyait sept cents dollars par mois et réglait toutes les factures qu'elle adressait à Perdido. Lors de ses visites, James courbait l'échine en sa présence et lui donnait tout ce qu'elle demandait.

Si Grace Caskey rêvait de sa mère toutes les nuits, il s'agissait rarement de rêves plaisants. Quand sa mère était absente, Grace espérait qu'elle revienne, et quand elle était à la maison, elle aurait voulu qu'elle s'en aille. L'enfant la regardait avec une admiration presque entièrement dénuée d'affection. Lors de ses rares séjours à la maison, la première chose que Genevieve faisait était d'examiner sa fille des pieds à la tête, puis avant même de l'embrasser, elle s'asseyait, sortait une brosse à poils durs de son sac et la coiffait vigoureusement jusqu'à la faire pleurer de douleur. Alors qu'elle lui brossait les cheveux et que Grace sanglotait en silence, Genevieve s'exclamait : « Un jour, ma chérie, je t'emmènerai loin de ton père. Je t'emmènerai loin d'ici. Je te montrerai Nashville ! Toi et moi, on se promènera dans les rues comme si le monde était à nous. On fera acheter une auto flambant neuve à ton père et je te conduirai partout pour montrer à tous combien tu es, à sept ans, la plus jolie petite fille de tout le Tennessee ! » Grace n'osait dire qu'elle ne voulait quitter ni son père ni Perdido, aussi vivait-elle dans la terrible crainte qu'au départ de sa mère – ce qui finissait toujours par arriver, brusquement et sans avertissement –, celle-ci l'enferme dans l'une de ses valises et l'expédie à Nashville.

James Caskey avait entendu ces promesses, ou plutôt ces menaces, mais il savait que sa femme n'avait aucune intention de s'encombrer de leur fille. Il ignorait quelle sorte de vie Genevieve menait à Nashville, et s'en portait tout aussi bien ainsi, mais il ne doutait pas qu'une fillette de sept ans en amoindrirait les plaisirs.

En ce lundi après-midi, Oscar et Elinor n'avaient pas eu le temps de porter leurs affaires dans la maison qu'ils entendirent claquer la porte de chez James. Sister se leva et jeta un œil par-dessus les camélias.

« Seigneur ! Maman, Genevieve arrive ! C'est incroyable, elle arrive avec un gâteau sur un plateau ! »

À leur tour, Mary-Love et Oscar se levèrent. Seule Elinor resta assise.

« Bonjour Genevieve ! », appela Oscar.

« Elle est sobre ? Sister, elle te paraît sobre ? », siffla Mary-Love.

« Oscar ! répondit Genevieve. Il paraît que tu t'es marié et que j'ai raté la cérémonie d'une journée à peine. J'ai été malade d'apprendre ça ! J'ai apporté une douceur à ta nouvelle épouse », poursuivit-elle en traversant la cour, effaçant dans son sillon les motifs du laborieux ratissage de Zaddie.

Elle monta les marches du porche.

« Mary-Love, Sister », salua-t-elle les deux femmes. Un salut plutôt froid si l'on considère que, depuis son arrivée, Genevieve n'avait pas encore posé les yeux sur Mary-Love et qu'elle n'avait vu Sister qu'une seule fois. Puis elle se tourna vers Elinor et sourit.

« Vous devez être Mademoiselle Elinor. Oh, ma petite fille vous adore ! Vous avez si bien pris soin d'elle ! Pour une fois, je n'aurai pas à brûler ses robes. D'ailleurs, je vous ai apporté ce gâteau. J'ai forcé Roxie à se tenir tranquille dans un coin de la cuisine pendant que je le faisais moi-même.

— Merci, Madame Caskey.

— Appelez-moi Genevieve. J'y ai mis au moins six cents grammes de sucre. C'est pour vous remercier d'avoir dorloté mon mari pendant mon absence prolongée, ajouta-t-elle en souriant.

— James s'est montré très bon avec moi, fit Elinor en lui rendant son sourire. Il m'a hébergée alors que je n'avais nulle part où aller.

— C'est tout James ça, je le reconnais bien là. D'où venez-vous, Mademoiselle Elinor ? Parlez-moi de votre famille. »

Plus tard, après que Genevieve fut rentrée chez elle, Sister et Oscar déclarèrent qu'ils ne l'avaient jamais vue aussi amicale.

« Comment mon propre fils peut-il être dupe à ce point ? dit Mary-Love. Elinor, tu l'as vraiment trouvée amicale ?

— Je pense qu'elle cherchait à m'examiner sous toutes les coutures.

— Je crois que tu as raison, approuva Mary-Love, quoique mécontente de tomber d'accord avec Elinor devant la chair de sa chair, même si le sujet était mineur et qu'il lui donnait l'occasion d'être médisant envers Genevieve. Elinor, poursuivit-elle, je suis sûre que tu trouves injuste la façon dont nous parlons d'elle et que tu penses qu'elle n'est pas aussi mauvaise qu'on te l'a décrite. Je parie même que tu doutes du fait qu'elle cache une caisse de bourbon dans une armoire.

— Je pense que Genevieve a autant entendu parler de moi que moi d'elle, et qu'elle a voulu savoir ce qui était vrai et ce qui ne l'était pas.

— Genevieve essayait seulement d'être polie, protesta Oscar. Maman, Elinor, pourquoi ne pas lui accorder le bénéfice du doute ?

— Elle était juste devant moi, renchérit Sister. Si son haleine avait été chargée, je l'aurais senti. Et ça n'était pas le cas.

— Sister, dit Elinor, je crois que ce que Genevieve Caskey souhaite plus que tout, c'est de me jeter tête la première dans la Perdido.

— Et tu comptes lui en donner l'opportunité ? demanda Oscar.

— Certainement pas », répondit Elinor, et tout le monde la crut.

LE CADEAU DE MARIAGE

Courant juin, sitôt l'année scolaire achevée, Oscar et Elinor effectuèrent un vrai voyage de noces. Partis pour visiter New York et Boston, ils prirent, à la surprise générale, le bateau à Pensacola. L'idée venait d'Elinor, et tous s'accordèrent à dire que c'était intelligent. Depuis l'arrivée des trains express, personne ne pensait plus à voyager par voie maritime ; c'était le moyen de transport des pauvres, n'importe qui pouvait sauter sur un rondin et se retrouver le lendemain soir dans le golfe du Mexique.

Au retour des jeunes mariés, Elinor, Mary-Love et Sister instaurèrent une trêve polie – « pour le bien d'Oscar », déclara Mary-Love. Aux yeux de voisines aussi proches et observatrices que Manda Turk et Caroline DeBordenave, ces trois-là paraissaient même s'entendre à merveille. Un matin, Manda Turk s'était levée aux aurores à cause d'une rage de dents et, regardant par la fenêtre de sa chambre, elle avait aperçu Elinor Caskey qui nageait dans la rivière vêtue d'une simple chemise de nuit. Plus tard, lorsqu'elle fit une remarque sur la singularité et le possible manque de convenance d'une telle tenue, Mary-Love alla jusqu'à prendre la défense de sa belle-fille. « Oh, Caroline… soupira-t-elle, quand tes enfants se marieront, tu verras comme tu te sentiras en retard sur ton époque. Avec le temps, j'en suis venue à penser qu'il n'y a rien de mal à faire un peu d'exercice le matin. »

Elinor et Oscar partageaient la chambre qui avait été celle d'Oscar autrefois. Située à l'étage, c'était la plus grande de la maison. Elle était rattachée à un petit salon, et ses trois fenêtres avaient vue sur la rivière. En dépit de ces agréments, Oscar et Elinor auraient préféré vivre seuls, et non sous la surveillance permanente de Mary-Love.

Le chantier de la nouvelle maison avait été momentanément interrompu. Il n'existait qu'une seule entreprise de maîtrise d'œuvre à Perdido – *entreprise* étant un terme flatteur pour désigner deux Blancs, les Hines, et les sept Noirs qui travaillaient sous leurs ordres pour un dollar et vingt-cinq *cents* par jour. Henry Turk avait supplié Mary-Love de libérer les frères Hines de leur engagement afin qu'ils puissent s'atteler à la tâche de reconstruire pour lui un entrepôt de stockage pour des rondins et les déchets de la scierie. Des trois propriétaires, c'est Turk qui avait souffert le plus durement de la crue, et il peinait encore à se remettre. Sans que l'autre soit au courant, Oscar et James lui avaient chacun prêté l'argent nécessaire à cet indispensable travail de construction par le biais de leur entreprise. Mary-Love s'était empressée de diriger les deux frères vers Henry, faisant savoir à ce dernier qu'il pouvait en disposer le temps qu'il voudrait. Elle avait même proposé – du moment qu'il promettait de ne rien dire – de lui prêter dix mille dollars, au cas où il aurait d'autres travaux à faire chez lui. C'est ainsi que les ouvriers désertèrent le chantier de la nouvelle maison et que les pluies estivales détrempèrent les pièces qui auraient dû fournir à Elinor et Oscar intimité et joie, mais ne constituaient pour le moment que des espaces ouverts agrémentés de poutres, de planches et de clous.

Oscar s'excusa de ce retard auprès de sa femme. « Si cela avait pu être évité, Oscar, je suppose que tu aurais fait le nécessaire », se contenta-t-elle de dire.

Cette réponse glaciale l'incita à agir. Il alla voir sa mère et lui proposa d'aller à Bay Minette, à Atmore ou à Jay pour trouver quelqu'un qui reprendrait le chantier. La maison aurait dû être finie depuis longtemps, observa-t-il.

Mary-Love rétorqua qu'un contrat était un contrat et qu'elle se devait d'honorer celui qu'elle avait signé avec les Hines. Oscar dut admettre le bien-fondé de cette remarque, et puisque c'était sa mère qui payait, elle était en droit de faire les choses exactement comme elle l'entendait.

Le foyer Caskey, composé d'Elinor, Oscar, Mary-Love et Sister, établit tant bien que mal une routine pour s'entendre, le temps que passe l'été. Ils se sentaient cernés d'un côté par la maison inachevée – exposées au grand air, les planches commençaient à moisir par endroits –, et de l'autre par Genevieve Caskey. Mary-Love déclara qu'elle n'osait même plus regarder par les fenêtres. Cependant, de ses trois principales sources d'embarras – sa belle-fille qui, à l'inverse de Sister et Oscar, ne se laissait pas manipuler ; le squelette de son cadeau de mariage à demi érigé sur le sable ; le spectre d'une Genevieve avinée titubant dans les rues de la ville, une bouteille à la main, pour déshonorer la respectabilité des Caskey –, c'était sans doute sa belle-sœur qui la perturbait le plus.

Les Caskey prenaient tous les jours leur petit déjeuner sous le porche, et tous les jours Mary-Love demandait : « Pensez-vous qu'aujourd'hui Genevieve va enfin se décider à retourner à Nashville ? » Mais ce jour ne venait pas. Genevieve n'était jamais restée aussi longtemps à Perdido depuis le début de son mariage.

« Je crois savoir pourquoi elle ne s'en va pas, annonça Sister à voix basse un matin.

— Pourquoi ? s'empressa de demander Oscar

— c'est une erreur commune que d'imaginer que les hommes n'aiment pas les commérages.

— À cause d'Elinor, répondit Sister, adressant un signe de tête à sa belle-sœur.

— Pourquoi ? demanda Elinor à son tour, assise sur le siège à bascule, un café à la main.

— Genevieve rentre chez elle et découvre qu'en son absence, son mari a été heureux. Et c'est parce qu'il t'avait toi, Elinor. Tu veillais sur lui et Grace, tu les rendais heureux.

— James a été généreux, dit simplement Elinor. Et j'ai beaucoup d'affection pour Grace.

— Comme nous tous, lança Mary-Love d'un ton sec. À part Genevieve. Si elle souhaitait vraiment le bonheur de son mari et de sa fille, elle irait tout de suite se jeter dans la rivière. Elinor, peut-être qu'un de ces jours tu devrais l'emmener faire un tour sur le canot de Bray... »

Elinor sourit et regarda en direction de la maison de James, quoique la vue, à toutes fins d'observation, ait été obstruée par le massif de camélias.

« Ils semblent aller bien. Je ne crois pas que Genevieve représente *réellement* une menace.

— Elinor, tu as parlé à Grace récemment ? demanda Mary-Love. Cette petite n'est pas heureuse, en tout cas, pas autant que lorsque tu habitais chez eux et que sa mère n'était pas là. Comme j'aimerais revenir à cette époque ! »

Il n'échappa à personne que « cette époque »

renvoyait au temps où Oscar et Elinor n'étaient pas mariés.

Ivey entra avec une autre cafetière.

« Madame Genevieve pense que Madame Elinor va convaincre Monsieur James de divorcer, dit-elle.

— Comment le sais-tu ? demanda Oscar.

— Zaddie me l'a dit, répondit Ivey avant de retourner dans la maison.

— Ça doit être vrai alors, observa Elinor.

— Cette gamine a les oreilles qui traînent ! s'écria Mary-Love, qui ne lui avait jamais pardonné d'être devenue la chose d'Elinor. Elle regarde par les fenêtres et colle son oreille contre les portes !

— Pas du tout, dit calmement Elinor. Zaddie a juste l'ouïe fine. Le matin, quand elle ratisse la cour, elle entend des choses par les fenêtres ouvertes.

— Elinor, tu as *vraiment* l'intention de convaincre James de divorcer ? demanda Oscar.

— Je ne crois pas au divorce. Mais je ne crois pas non plus qu'on devrait épouser la mauvaise personne », répondit-elle après un temps.

Genevieve demeura donc à Perdido. Si elle buvait, au moins le faisait-elle discrètement et n'arpentait-elle pas les rues à moitié saoule. Elle allait à l'église et s'asseyait sur le banc des Caskey, à côté d'Elinor, mais n'assistait pas au catéchisme qui précédait. Selon Mary-Love, c'était pour n'avoir à parler à personne. La demi-heure de battement entre le catéchisme et l'office était en effet l'occasion d'un grand rassemblement social à Perdido ; en arrivant pile au moment du prélude à l'orgue, Genevieve évitait tout contact avec les habitants. Et c'est exactement ce qui se passait chaque dimanche : elle se faufilait discrètement dans la rangée des Caskey, prenait la main de Grace et adressait uniquement un signe de tête à Elinor, Sister et Mary-Love.

À une ou deux occasions, Genevieve proposa à Elinor de l'accompagner faire des emplettes à Mobile. Genevieve aimait conduire, et les deux femmes emmenaient Zaddie avec elles pour s'occuper des sacs. Lorsque Genevieve faisait les boutiques – avec l'argent de James –, Zaddie était sûre de se retrouver avec bien plus que ses bras ne pouvaient porter. Mary-Love se réjouissait particulièrement de ces excursions. « Ah, Sister, disait-elle en hochant la tête, ça permet à Elinor de quitter la maison. Il n'y a que toi, moi et Oscar pour le déjeuner, comme au bon vieux temps. Ça veut aussi dire qu'Elinor doit se coltiner Genevieve, et pas nous.

— Elles semblent bien s'entendre, observa Sister.

— Je ne suis pas surprise, fit sombrement Mary-Love.

— Je crois aussi, se risqua Sister, qu'Elinor essaie de garder un œil sur Genevieve. À cause de ce que tu as dit, que Grace était malheureuse avec sa mère. Elinor aime cette enfant autant que nous ! »

Par un fait étrange, ce fut Genevieve Caskey qui changea radicalement l'avenir et l'aspect de Perdido. Lasse d'écouter James déverser ses histoires sur la crue et ses craintes que cela ne survienne à nouveau, elle suggéra un jour : « Pourquoi diable ne pas faire construire une digue ? »

Effaré qu'une solution aussi simple ne soit encore venue à personne, James se recula dans son siège.

« Ils en ont une à Natchez, fit remarquer Genevieve. Pareil à la Nouvelle-Orléans. Ces villes ne sont jamais inondées. Il n'y a aucune raison que Perdido n'ait pas sa propre digue, n'est-ce pas ? Et puis on n'aurait plus tout le temps sous le nez cette affreuse rivière. »

L'idée s'ancra dans l'esprit de James. Il en discuta avec Oscar, puis le mit à l'ordre du jour du conseil académique le lendemain, même si le sujet ne relevait pas vraiment de ses compétences. Cependant, lorsque Oscar évoqua le sujet au conseil municipal, tous les habitants de Perdido avaient déjà eu vent de l'idée et l'approuvaient. Seules deux personnes s'insurgèrent contre l'édification d'une digue. L'une était une vieille Blanche qui vivait aux abords de Baptist Bottom et affirmait que les berges boueuses de la rivière dissimulaient des esprits funestes. L'autre était Elinor Caskey.

Elinor déclara qu'une digue serait laide, coûteuse

et peu pratique. En amont de l'embouchure, il faudrait en bâtir une tout le long de la rive sud de Perdido – non seulement ça allait leur gâcher la vue sur la rivière et les obliger à retirer le ponton, mais ils se sentiraient tellement à l'étroit qu'ils auraient l'impression d'étouffer. Du côté de la Blackwater, les trois scieries perdraient leur accès direct à l'eau. Les rondins destinés à être transportés vers d'autres scieries ou vers le golfe devraient être traînés jusqu'au sud de la ville. En aval de l'embouchure, il faudrait construire la digue sur les deux côtés de la rivière afin de protéger le centre-ville, les maisons des ouvriers et Baptist Bottom. Il faudrait également bâtir de nouveaux ponts qui coûteraient une fortune. Pour finir, Perdido paraîtrait comme échouée au fond d'une antique carrière d'argile. La ville perdrait son charme, pour ne gagner qu'une sécurité illusoire. *Illusoire*, car aucune digue n'est assez solide ou assez haute pour retenir les eaux d'une rivière qui a décidé de sortir de son lit. Jamais une motte de terre, déclara Elinor avec véhémence, ne pourra empêcher une inondation.

« Seigneur, Genevieve, dit-elle un matin après que le conseil municipal eut validé les fonds pour une étude technique du terrain. Je ne comprends pas pourquoi tu as semé un tel trouble en évoquant le sujet !

— Les prochaines pluies diluviennes vont emporter la ville tout entière s'ils ne construisent pas une digue, répondit Genevieve, affairée dans sa cuisine à préparer un gâteau pour lequel elle versa une grosse tasse de rhum à la place du lait. En tout cas, moi, ça me convient. Je déteste cette rivière. Je sais que tu aimes y nager, mais je préfère mille fois la terre et la poussière ! Que Dieu me préserve de mourir noyée ! »

Malgré les efforts de Mary-Love pour retarder au maximum les travaux, la maison fut achevée la dernière semaine de juillet. Les frères Hines firent preuve d'une honnêteté pénible qui se manifesta par le respect le plus strict de leur date butoir initiale. Mary-Love insista en privé auprès d'eux pour qu'ils suivent leurs intérêts et s'attellent aux projets de Henry Turk, mais chacun leva la main et annonça : « Madame Caskey, une promesse est une promesse, et on sait combien Oscar est impatient de s'installer dans sa nouvelle maison. »

Aussi, le 7 août, juste après la messe, Elinor pénétrait-elle pour la première fois dans la demeure qui constituait son cadeau de mariage. Oscar lui en fit fièrement faire le tour. C'était effectivement une très belle maison : vaste, carrée et blanche. Au rez-de-chaussée se trouvaient une cuisine, une petite salle à manger, deux celliers, un porche à l'arrière qui servait de buanderie, une salle de réception, deux salons et un porche à l'avant muni de sièges à bascule. À l'étage, le long d'un couloir central, on trouvait deux grandes suites avec antichambre, petit salon, dressing et salle d'eau, deux chambres plus petites, une nursery ou chambre de bonne, une troisième salle de bains, et à l'angle de la maison, une spacieuse véranda fermée de moustiquaires qui donnait sur la Perdido. Cette dernière sembla particulièrement enchanter Elinor.

« Maman, lança Oscar avec excitation à leur retour, Elinor adore la maison !

— Évidemment, répondit calmement Mary-Love.

— C'est une très belle maison, acquiesça Elinor qui, de l'avis de Mary-Love, aurait pu s'épancher davantage, par exemple en ajoutant un joli remerciement.

— Maman, quand pourra-t-on y emménager ? demanda Oscar. On est tellement impatients !

— Oh, pas encore ! s'écria sa mère. Oscar, tu n'as pas remarqué qu'il n'y avait pas de tentures dans la maison ?

— Si, mais...

— Tu tiens vraiment à ce que le tout-venant puisse t'épier par les fenêtres ? Sister et moi avons commencé à travailler sur des draperies cette semaine. Et vendredi prochain, nous comptons aller à Mobile pour acheter des meubles.

— Maman, on n'a pas besoin que ce soit parfait, tu sais. Après tout, Elinor et moi on va vivre dedans pour le reste de notre vie. On a largement le temps de la meubler.

— Pense à moi ! s'exclama Mary-Love. Pense à ta sœur. Comment crois-tu qu'on va se sentir quand Elinor recevra des invités ? Ils vont se dire : "Seigneur, pour un cadeau de mariage, on ne peut pas dire que Mary-Love Caskey se soit donné du mal."

— Maman, implora Oscar, personne en ville ne va dire une telle chose.

— Ils le penseront », conclut Mary-Love, si bien qu'Oscar et Elinor demeurèrent sous le toit de Mary-Love pendant que leur maison restait inhabitée.

Mary-Love prit un soin exagéré à meubler la maison. Elle se faisait conduire une fois par semaine à Mobile pour choisir les tissus, le mobilier des salons, les tapis et le service en cristal. Elle effectuait ces achats avec un enthousiasme digne d'un condamné à mort forcé de choisir la corde pour se faire pendre. Elle ne rentrait jamais à Perdido avec plus d'un article, et encore, parfois cet achat unique était ridiculement petit. Les femmes avaient obtenu le droit de vote. Peut-être éliraient-elles une présidente avant que Mary-Love ait fini d'agencer la maison à sa convenance.

Il arrivait à Sister de l'accompagner dans ses excursions, mais toujours avec réticence. Sa présence était requise non pas pour aider à choisir les articles, mais plutôt pour servir d'oreille compatissante. Loin de Perdido, et loin d'Oscar et des domestiques, Mary-Love pouvait vitupérer sans se priver contre Elinor. Elle avait pris l'habitude d'aller à Mobile le vendredi matin, de faire ses achats l'après-midi et de rendre visite à des amis le soir – elle était née là-bas et y connaissait encore du monde. Elle passait la nuit à l'hôtel *Government House*, retournait faire des achats le samedi matin et rentrait à Perdido pour le dîner. Oscar attendait avec impatience les jours où sa mère s'absentait, car le reste du temps elle aimait tellement afficher son air de martyr, le visage fermé accompagné de paroles amères, que l'atmosphère de la maison s'illuminait dès qu'elle la quittait.

Oscar n'avait pas manqué de noter le silence d'Elinor quand sa mère leur avait refusé l'autorisation d'emménager dans leur maison. Il se rappela la conversation qu'il avait eue avec Sister et comprit qu'Elinor attendait de lui qu'il fasse ce qui convenait. La difficulté était de savoir *comment*. Lorsqu'il tenta d'expliquer à sa femme pourquoi il avait cédé à sa mère – après tout, la maison était bel et bien un cadeau de Mary-Love, aussi était-elle en droit de la meubler exactement comme elle le voulait –, Elinor refusa de l'écouter.

« Oscar, cette histoire ne regarde que toi et ta mère. Quand tu auras pris ta décision, tu m'en feras part. C'est tout ce que j'ai à savoir. »

Oscar soupira. Il aimait Elinor et était heureux de l'avoir épousée. Mais quelquefois, il lui arrivait de l'observer en se demandant qui elle était vraiment. Et pour le moment, il n'avait pas trouvé ne serait-ce que le début d'une réponse.

Ce qu'il savait en revanche, c'est qu'Elinor ressemblait énormément à Mary-Love : dotées d'un caractère fort et dominant, toutes les deux exerçaient leur pouvoir d'une façon avec laquelle il ne pourrait jamais rivaliser. Voilà la plus grande méprise au sujet des hommes : parce qu'ils s'occupent de l'argent, parce qu'ils peuvent embaucher quelqu'un et le licencier ensuite, parce qu'eux seuls remplissent des assemblées et sont élus au Congrès, tout le monde croit qu'ils ont du pouvoir. Or, les embauches et les licenciements, les achats de terres et les contrats de coupes, le processus complexe pour faire adopter un amendement constitutionnel – tout ça n'est qu'un écran de fumée. Ce n'est qu'un voile pour masquer la véritable impuissance des hommes dans l'existence. Ils contrôlent les lois, mais à bien y réfléchir, ils sont incapables de se contrôler *eux-mêmes*. Ils ont échoué à faire une analyse pertinente de leur propre esprit, et ce faisant, ils sont à la merci de leurs passions versatiles ; les hommes, bien plus que les femmes, sont mus par de mesquines jalousies et le désir de mesquines revanches. Parce qu'ils se complaisent dans leur pouvoir immense mais superficiel, les hommes n'ont jamais tenté de se connaître, contrairement aux femmes qui, du fait de l'adversité et de l'asservissement apparent, ont été forcées de comprendre le fonctionnement de leur cerveau et de leurs émotions.

Oscar savait que Mary-Love et Elinor avaient la capacité de le manipuler. Elles obtenaient ce qu'elles voulaient. En réalité, chaque femme recensée à Perdido obtenait ce qu'elle voulait. Bien entendu, aucun homme n'aurait admis être aiguillé par sa mère, sa sœur, son épouse, sa fille, sa cuisinière, ou par aucune femme qu'il croisait au hasard des rues – la plupart, d'ailleurs, n'en avaient même pas conscience. Oscar, si. Mais bien qu'il ait conscience de sa soumission, de sa véritable impuissance, il était incapable de se libérer des chaînes qui l'entravaient.

Qui était Elinor Caskey? D'où venait-elle? Elle ne parlait jamais de sa famille. Ils avaient vécu à Wade, dans le comté de Fayette, et étaient tous morts. Son père avait été autrefois passeur de bac sur la rivière Tombigbee. Elinor était allée à la faculté de Huntingdon, mais on ignorait qui avait payé ses études. Elle ne parlait jamais non plus de ses amies de Montgomery, ne recevait pas de lettres, n'en écrivait pas elle-même. Elinor était apparue un jour dans une chambre de l'hôtel *Osceola* et Oscar l'avait épousée. C'était tout ce qu'il y avait à savoir.

Elinor ne constituait bien entendu pas le seul mystère aux yeux d'Oscar. Il y avait beaucoup de choses qu'il ne comprenait pas. Il ne comprenait pas ce qui se tramait entre Mary-Love et son épouse, il savait seulement qu'il était heureux de ne pas passer ses journées à la maison comme Sister. Il ignorait ce qu'Elinor avait vu en lui; il ignorait pourquoi elle l'aimait, même si, apparemment, c'était le cas. Il se levait à cinq heures du matin et se campait devant la fenêtre de sa chambre pour regarder la Perdido. Là, il voyait sa femme, dans sa chemise de nuit en coton, qui nageait encore et encore dans le courant tumultueux où n'importe quelle personne normalement constituée se serait noyée. Puis il voyait Zaddie, assise sur l'embarcadère, ses pieds brassant l'eau, son râteau posé en travers de ses cuisses. Le soleil n'éclairait pas encore la cime des arbres. Et, Seigneur… Les chênes d'eau qu'Elinor avait plantés à peine un an plus tôt mesuraient désormais plus de six mètres de haut avec un tronc de trente centimètres de diamètre ! Ils étaient rassemblés en petits bosquets de deux, trois ou quatre, et au sol leurs troncs commençaient déjà à se solidariser. Ces chênes-là, Oscar le savait, étaient la seule espèce de chêne à se regrouper en bouquets, comme les bouleaux. Avec son râteau, Zaddie dessinait autour de chaque bouquet un vaste système de cercles concentriques, aussi la cour pouvait désormais s'apparenter à un marais, mais avec des chênes graciles et du sable ratissé à la place des cyprès et de l'eau stagnante.

Étroits et noueux, les jeunes arbres étaient couverts d'une écorce grise et de minuscules feuilles vert sombre d'aspect tanné qui ne poussaient qu'au sommet. Les branches les plus basses ayant rapidement perdu leur feuillage, elles pourrirent et tombèrent au sol, où Zaddie les rassembla avant de les jeter dans la rivière. En hiver, le vert des feuilles s'assombrit davantage, mais elles ne tombèrent qu'à l'apparition des jeunes pousses au printemps suivant. Au-delà des massifs de camélias et d'azalées qui bordaient les maisons, l'herbe refusait toujours de pousser, mais ces chênes d'eau, Oscar n'en avait jamais vu grandir aussi vite – et les Caskey avaient fait fortune grâce à leur connaissance approfondie et intime des forêts du comté de Baldwin. Bientôt, la vue qu'il avait de la rivière par la fenêtre de sa chambre serait voilée par les branchages. Quelquefois, en rentrant de la scierie en fin d'après-midi, il contemplait ces chênes surgis du sable par miracle et s'exclamait : « Maman, tu as déjà vu pousser quelque chose aussi vite que ces arbres ? »

Et Mary-Love, assise sous le porche, disait simplement : « Ce sont les arbres d'Elinor. »

Et Sister, assise à ses côtés, ajoutait : « Elinor les adore. »

Et Elinor, lorsqu'elle lui ouvrait la porte, concluait : « Rien ne poussait là. Il fallait bien qu'on ait quelque chose. »

LA ROUTE POUR ATMORE

Parmi les habitants de Perdido, il était généralement admis que la relation qu'avaient nouée Genevieve et Elinor Caskey – qui pourtant avaient toutes les raisons de ne pas s'apprécier et se faire confiance – était due au besoin de chacune de garder un œil sur l'autre. Caroline DeBordenave et Manda Turk félicitèrent Mary-Love d'avoir su trouver une belle-fille aussi encline à maintenir l'harmonie au sein de sa famille. Mary-Love détourna le compliment, assurant que Genevieve et Elinor étaient au contraire faites l'une pour l'autre. Ce n'était, ajouta-t-elle, rien de plus que le sentiment de camaraderie liant deux criminelles qui les poussait à aller ensemble à Mobile acheter des chaussures. Néanmoins, après que Genevieve eut suggéré de faire construire une digue pour protéger la ville d'une nouvelle crue, Elinor, furieuse, déclara : « Qu'on ne me parle plus jamais de cette femme ! »

L'été se poursuivit, et comme tous les étés dans cette partie du monde, la chaleur fut brutale. Le thermomètre fixé à la fenêtre de la cuisine indiquait vingt-cinq degrés dès six heures trente, au moment où Zaddie commençait à ratisser la cour. À neuf heures, quand elle avait fini, il atteignait trente-deux. Les femmes Caskey restaient toute la matinée sous le porche à coudre leur dessus-de-lit en patchwork, même si aucune n'imaginait qu'il viendrait une saison où quelqu'un aurait besoin d'une couverture supplémentaire.

Dès qu'Oscar rentrait du travail, ils prenaient leurs repas également sous le porche et buvaient des quantités phénoménales de thé glacé. L'après-midi, la chaleur était oppressante. Elle s'accumulait dans les feuilles tannées des chênes d'eau et brûlait le sable jusqu'à ce qu'il soit impossible d'y marcher pieds nus.

Les après-midi étaient calmes. Au plus fort de la chaleur, tout était silencieux. Les oiseaux avaient fui si loin dans la forêt qu'on ne les entendait plus chanter. Les chiens se terraient sous les maisons, allongés l'air misérable, la tête posée sur leurs pattes avant. On ne se rendait plus visite de crainte de faire un malaise en quittant l'ombre un instant. Ceux qui restaient chez eux parlaient peu, ballonnés d'avoir bu trop de thé pendant le repas.

À quinze heures, ces après-midi-là, on n'entendait pas un bruit dans la propriété des Caskey hormis le clapotis de l'eau contre le ponton. Sister et Elinor étaient assises sur la balancelle du porche. Leur métier incliné vers elles, les deux femmes travaillaient lentement à la deuxième ligne de carrés de leur courtepointe. Elinor n'en ayant encore jamais confectionné, Sister lui avait enseigné le point de couture le plus simple qu'elle connaisse. Se plaignant que la chaleur lui brouillait la vue, Mary-Love avait renoncé à assembler le couvre-lit. Elle se balançait à présent sur son siège face aux autres, adressant çà et là une remarque à personne en particulier, et à laquelle personne en particulier ne se donnait la peine de répondre. Assise à côté, Ivey Sapp décortiquait dans un large plat en émail blanc des arachides dont elle jetait les coques sur une feuille de papier journal posée à ses pieds.

Le silence persistant fut soudain rompu par un cri – aigu et déchirant – qui de toute évidence venait de chez James. D'un même mouvement, Sister et Elinor tournèrent la tête ; Mary-Love se leva ; Ivey se pencha en avant et posa son bol par terre.

« Seigneur ! s'écria Elinor au bout d'un instant. C'est Grace !

— Oui, c'est bien elle ! », dit Sister.

Elles n'avaient pas immédiatement reconnu sa voix car personne n'avait jamais entendu la fillette crier auparavant.

« C'est cette femme, dit Mary-Love en pâlissant. Qu'est-ce qu'elle est en train de lui faire ? »

Il y eut un autre cri, qui se tut au bout de quelques secondes. Puis la porte de derrière de chez James claqua, et les trois femmes, toutes debout à présent, virent Zaddie courir vers elles. Elle paraissait terrifiée.

La jeune domestique grimpa les marches d'un bond.

« Madame Genevieve est en train de frapper Grace ! »

Dans le bref silence qui suivit, elles entendirent Grace éclater en sanglots convulsifs, puis un autre cri, aussitôt étouffé.

« Qu'a-t-elle fait ? s'écria Mary-Love.

— Elle a cassé la lampe à cause qu'elle a trébuché sur le fil ! », dit Zaddie, à bout de souffle. Avec le stress, ses phrases perdaient le lustre acquis par sa pratique intensive de la lecture. « Grace et moi on jouait dans le hall, on faisait que jouer, et Grace s'est pris les pieds dans le fil et elle a fait tomber la lampe et voilà, elle s'est cassée, sauf que Madame Genevieve, elle sort et elle ramasse la lampe, et voilà pas qu'elle me la balance dessus sauf que ça m'a pas touchée. Et puis elle attrape Grace et là, elle se met à la taper !

— Maman, il faut à tout prix l'arrêter ! Écoute comme elle crie ! », dit Sister.

Grace s'était remise à hurler. Le son venait à présent d'une autre fenêtre.

« Madame Genevieve est en train de la pourchasser dans la maison ! », dit Ivey.

Mary-Love était indécise. Elle avait pour règle de se mêler aussi peu que possible des affaires de Genevieve Caskey, de même qu'il n'était pas dans les habitudes de la famille d'intervenir dans l'éducation et l'instruction des enfants des autres – par ailleurs, il arrivait aussi aux enfants correctement élevés et instruits de pleurer.

« Puisque personne ne fait quoi que ce soit, moi j'y vais », dit Elinor avec colère.

Sur ce, elle passa la porte moustiquaire, descendit les marches, traversa la cour et entra chez James, sans marquer la moindre hésitation.

Sister, Mary-Love, Ivey et Zaddie, alignées, regardaient par-dessus les camélias, osant à peine respirer. Par les fenêtres de la maison voisine, elles entendirent la voix étouffée d'Elinor : « Grace ! Grace ! »

Un instant plus tard, la porte d'entrée s'ouvrit et la petite fille sortit en trombe. Se précipitant à travers la cour, elle grimpa les marches. Zaddie courut la rejoindre, et Grace lui sauta dans les bras. La jeune domestique la serra fort contre elle. Mary-Love et Sister les séparèrent doucement et examinèrent le visage de Grace.

« Mon enfant ! s'écria Mary-Love. Ton visage est marqué. Tu as des bleus !

— Maman m'a tapée ! Elle m'a tapée avec une ceinture !

— Au visage ? s'indigna Mary-Love, incapable de croire à un tel acte, même de la part de Genevieve Caskey. Mais elle aurait pu t'éborgner ! »

Dans un coin, Zaddie s'entretenait à voix basse avec sa sœur aînée. Puis Ivey s'approcha et dit calmement : « Madame Mary-Love, Zaddie raconte que Madame Genevieve a bu… »

Mary-Love secoua lentement la tête. Se rasseyant sur la balancelle, Sister souleva Grace et posa la tête de l'enfant sur ses genoux pour lui caresser les cheveux. Le visage enfoui dans ses mains, Grace pleurait. On voyait à travers son jupon déchiré que ses jambes et ses fesses portaient elles aussi les traces de coups de ceinture. Deux filets de sang coulaient à l'endroit où la boucle avait entaillé la peau de ses cuisses.

Mary-Love se tourna en direction de chez James. Que pouvait bien dire Elinor à Genevieve ?

À cet instant, la tête d'Elinor jaillit par la fenêtre de la salle à manger.

« Zaddie ! appela-t-elle.

— Oui, mam'selle ? cria Zaddie en retour.

— Va à la scierie et dis à James de venir… maintenant, tu m'entends ! »

Elinor disparut. Zaddie alla à la balancelle et prit la main tremblante de Grace dans la sienne un instant.

« Cours, ma fille ! cria Mary-Love. Fais ce qu'a dit Elinor ! »

Sister conduisit Grace à sa chambre, lui lava le visage et, après avoir baissé les volets et fermé les rideaux, la mit au lit. Elle resta à son chevet à lui chuchoter des mots de réconfort et lui éventer le visage – dans la chambre régnait une pénombre étouffante –, jusqu'à ce que la petite fille s'endorme. Sister s'installa ensuite sur un siège à bascule au pied du lit, un éventail dans une main et un roman dans l'autre. Elle voulait être sûre que l'enfant ne se réveillerait pas seule.

En compagnie d'Ivey, Mary-Love resta sous le porche d'où elles observaient la maison de James avec une curiosité aussi extrême qu'inassouvie. Elles ne voyaient rien, n'entendaient rien. Vingt minutes après le départ de Zaddie, James arriva à bord de son automobile. La petite fille sauta la première hors de la voiture, et James prit la direction non pas de chez lui mais de la maison de sa belle-sœur. Arrivé au niveau des massifs de fleurs, il s'adressa à Mary-Love.

« James, le coupa-t-elle, Zaddie t'a raconté ce qui s'était passé ? »

Il hocha la tête.

« Où est Grace ?

— Elle est dans la chambre de Sister. Et elle va y rester jusqu'à ce que...

— Où est Genevieve ?

« — Genevieve et Elinor sont là-bas… dit Mary-Love en pointant la maison de James. Mais je n'ai aucune idée de ce qu'elles sont en train de se dire. Tu ne t'en souviens peut-être pas, mais Genevieve m'a un jour menacée avec un balai ! »

James s'en souvenait et n'eut pas besoin qu'on lui rappelle les circonstances de cette attaque.

« Que crois-tu qu'Elinor soit en train de lui dire ?

— Aucune idée, répéta Mary-Love avec impatience. Tout ce que je sais c'est que tu ferais mieux d'aller voir ce qui se passe. »

James fit demi-tour et traversa la cour de mauvaise grâce. Mais avant qu'il n'ait pu atteindre la porte d'entrée, Elinor sortit en portant deux grosses valises. Elle avait l'air sombre.

« Monsieur James, mettez ça dans la voiture.

— Elinor, chuchota James, tu as parlé à Genevieve ?

— Il y en a deux autres », dit Elinor, puis elle retourna dans la maison.

Zaddie et James chargèrent les quatre bagages dans la voiture ; vinrent ensuite trois boîtes à chapeau, un coffret à bijoux et deux valises plus petites qui contenaient Dieu sait quoi. Les bagages étaient en cuir bleu sombre et marqués des initiales dorées *G.C.* Genevieve sortit en dernier, vêtue d'une robe noire et d'un voile noir si épais qu'on n'aurait pas reconnu son visage même en y braquant une lampe.

« Seigneur... chuchota Ivey à Mary-Love. Elle doit mourir de chaud là-dessous.

— Qui a menacé qui avec un balai aujourd'hui, c'est ce que j'aimerais bien savoir », glissa Mary-Love.

Enfin, Elinor sortit de la maison et se tint devant la porte comme pour en garder l'entrée.

« Elinor, dit James, n'osant pas s'adresser à sa femme, où allons-nous ?

— À Atmore. Genevieve va prendre le train pour Nashville. Et, non, James, vous n'irez pas. »

Genevieve était montée dans la voiture. Si une posture avait jamais indiqué la défaite, souffla Mary-Love à Ivey, c'était bien celle de cette femme.

« Elle va donc s'y rendre en auto ? demanda James, perplexe mais grandement soulagé que les femmes prennent en main cette situation épineuse – comme elles savaient si bien le faire –, cependant, il aurait souhaité qu'elles lui expliquent plus clairement le rôle qu'il avait à jouer dans ce petit drame.

— C'est Bray qui va la conduire. Zaddie les accompagnera », répondit Elinor.

À ces mots, Ivey courut chercher Bray qui plantait des camélias et des aubépines aux abords de la nouvelle maison. Il ne fut même pas autorisé à troquer sa tenue de jardinage contre son uniforme, et se mit directement derrière le volant. Avec Zaddie sur la banquette arrière et Genevieve, silencieuse et immobile, à l'avant, il fit démarrer l'auto, direction Atmore.

« Bray! l'appela Elinor. Fais attention sur la route! Il va pleuvoir! »

James Caskey leva la tête vers le ciel. La chaleur accumulée par toute une journée de soleil brûlant s'abattit sur ses épaules, et il ne vit rien d'autre qu'une étendue infinie de ciel blanc bleu qu'aucun nuage ne dérangeait.

Elinor refusa de raconter ce qu'elle avait dit à Genevieve pour la convaincre de retourner à Nashville. Et puisque, selon les rumeurs, Elinor était la raison même pour laquelle Genevieve était restée à Perdido, le mystère ne s'en épaissit que davantage. Elle se limita à dire : « Comment aurais-je pu lui permettre de rester ici après ce qu'elle a fait à Grace. Pauvre petite! Et dire qu'elle n'a même pas *vraiment* cassé la lampe. »

James et Elinor montèrent dans la chambre de Sister et observèrent un moment la petite fille, qui dormait profondément.

« C'est sa façon de se cacher, murmura Sister. Je fais la même chose. »

De retour sous le porche, Elinor annonça à James :
« Je suis désolée. Tout est de ma faute.
— De ta faute?! s'écria James. Pas le moins du monde, je...

— Pourquoi dis-tu cela ? demanda Mary-Love à sa belle-fille d'un ton suspicieux.

— J'aurais dû savoir ce dont Genevieve était capable. J'aurais dû la faire partir d'ici avant que ce qu'il s'est passé aujourd'hui ne se produise.

— J'aurais effectivement aimé que tu le fasses, répondit Mary-Love. Mais pour te dire la vérité, Elinor, jamais je n'aurais misé sur toi quand je t'ai vue entrer chez James. Sister et Ivey non plus. »

Elinor balaya la remarque d'un revers de main :

« J'aurais dû agir il y a deux mois déjà, et la mettre directement dans le train.

— James, dit Mary-Love, il est grand temps de parler de divorce...

— Non, la coupa Elinor, on en parlera plus tard. Pas la peine d'en discuter maintenant.

— Pourquoi pas ? demanda Mary-Love. N'est-ce pas le meilleur moment, alors que la pauvre enfant est couchée en haut avec des marques partout sur le corps ? James nous a pour témoins.

— Attendons ce soir, répliqua Elinor. Attendons le retour de Bray et Zaddie. Qu'ils nous racontent comment ça s'est passé. »

Au nord-est de Perdido, la route pour Atmore passait devant les scieries et traversait une forêt de pins de quelques centaines d'hectares qui appartenait à Tom DeBordenave. Elle sinuait ensuite à travers le marais de cyprès où la Blackwater prenait boueusement sa source, avant d'émerger dans les vastes champs plats de pommes de terre et de coton du comté d'Escambia. Atmore était l'endroit doté de la gare la plus proche, mais la ville était si petite que les trains ne marquaient l'arrêt qu'au signal du chef de gare.

Bray conduisait plus vite qu'il ne l'aurait souhaité. Madame Genevieve lui avait ordonné d'être là-bas à dix-sept heures trente afin qu'elle puisse acheter son billet et avertir le chef de gare de stopper le Humming Bird. L'auto de James Caskey était un véhicule de tourisme qu'il avait acheté en 1917 : une élégante Packard au toit en métal et au pare-brise en verre que Bray manœuvrait avec beaucoup de plaisir.

L'après-midi déclinant était encore très lumineux et insupportablement chaud. Toujours silencieuse, Genevieve Caskey ne regardait pas Bray et ne faisait aucun cas des paysages qu'ils traversaient. Sur la banquette arrière, Zaddie était anxieuse. Bray, elle le savait, avait été désigné comme chauffeur car Elinor ne voulait pas que Genevieve ait l'occasion de « s'expliquer » avec James durant le trajet et de trouver une excuse à son geste, invoquant la chaleur intense ou l'insipidité de la ville. Zaddie savait également qu'elle avait été chargée de les accompagner afin d'empêcher Bray de céder à toute tentative déloyale de Genevieve pour ne *pas* monter à bord du train. Mais Genevieve aurait aussi bien pu être un mannequin dans la vitrine de la boutique de Berta Hamilton, car ni explication ni pot-de-vin ne franchirent ses lèvres.

Ils avaient à peine atteint le marais de cyprès que déjà Zaddie, sous la chaleur étouffante de l'habitacle, commençait à s'assoupir, la tête renversée contre le dossier de la banquette, les yeux fermés à cause de l'aveuglant soleil, là-haut, dans le ciel vide de l'Alabama. Des motifs brûlants dansaient derrière ses paupières; elle oubliait tout, si ce n'est le jaune intense et le rouge qui virevoltaient dans son cerveau. Soudain, les couleurs s'estompèrent, et son visage fut baigné de fraîcheur. Elle ouvrit les yeux. Un unique nuage gris sombre venait d'escamoter le soleil. Il n'était pas grand – probablement pas plus que la parcelle de terrain sur laquelle étaient bâties les maisons Caskey, pensa Zaddie – mais il n'était pas du tout à sa place. Zaddie était certaine qu'aucun nuage n'était visible à l'horizon cinq minutes plus tôt. Elle s'aperçut qu'autre chose n'était pas normal : on trouvait ordinairement les nuages solitaires bien plus haut dans le ciel, et ils avaient tendance à être vaporeux, brillants et blancs. Celui-ci était noir, bouillonnant et bas.

Elle était incapable d'en détacher son regard. On aurait dit qu'il tombait droit sur eux. Apeurée, Zaddie se renfonça dans un coin de la banquette.

Bray avait ralenti la Packard. Zaddie scrutait le pare-brise. Non loin, un gros camion se traînait sur la route, la remorque pleine à craquer de bois. Il se dirigeait vers Atmore, où se trouvaient deux autres scieries. De longs rondins de pin dénudés de leurs branches dépassaient à l'arrière et tressautaient à chaque mouvement du véhicule. Un chiffon rouge était noué à celui dépassant le plus afin que les autres conducteurs puissent juger de la distance de sécurité.

Zaddie regarda à nouveau le ciel. Le nuage les avait dépassés et flottait désormais devant eux.

La jeune fille nota alors une autre bizarrerie : dans le marais, aucune brise n'agitait les fines branches des cyprès. Parfaitement immobiles, elles gisaient affaissées dans l'air brûlant ; nul vent ne faisait onduler les mauvaises herbes sur le bord de la route. Pourtant, le fiévreux nuage noir au-dessus d'eux avait incontestablement dérivé.

Il parut se figer, et la pluie se déversa soudain, comme d'une éponge que Dieu aurait essorée. Genevieve finit par lever la tête. Au loin – à peine à quelques centaines de mètres –, l'averse tombait directement sur la route. Zaddie n'avait jamais rien vu de tel. Partout autour d'eux, le soleil brillait, dardant ses éblouissants rayons sur la cime des arbres, mais le sombre nuage solitaire précipitait des trombes d'eau au beau milieu de la route.

« Le diable est en train de battre sa femme ! ne

put s'empêcher de crier Zaddie, comme le faisait Ivey chaque fois que la pluie et le soleil se rencontraient.

— Tais-toi, Zaddie ! On va être obligés de traverser ça », dit Bray.

Un peu plus loin, la route amorçait un léger virage sur la droite. Bray et Zaddie virent alors que, devant le camion, l'averse éclaboussait le macadam de la route sur une centaine de mètres.

« Madame Genevieve, ce camion avance pas vite, prévint Bray, on va pas pouvoir arriver à temps. »

Celle-ci garda le silence.

Comme pour répondre à l'urgence de Bray, le camion accéléra subitement. Zaddie en déduisit que le conducteur craignait de passer plus de temps que nécessaire sous cette averse si insolite.

Bray était du même avis. Lui aussi accéléra.

Le camion s'engagea dans l'ombre du nuage. La pluie battait rageusement le chargement et détrempa en quelques secondes le chiffon rouge à l'extrémité du plus long des rondins. Des gerbes d'eau giclaient des deux côtés du véhicule.

« Bray, ne fais pas ça ! », s'écria soudain Genevieve, comme terrorisée à la perspective de traverser l'étrange rideau de pluie.

Il était trop tard pour faire marche arrière. La Packard s'était engagée à son tour sous le tempétueux nuage. Jamais aucun des passagers du véhicule n'avait vu un orage d'une violence pareille dans une zone aussi réduite. La pluie frappa le toit avec une telle force qu'ils en furent assourdis. L'eau s'engouffra en cascades par les fenêtres, et en un instant Bray, Zaddie et Genevieve furent trempés jusqu'aux os. La pluie tombait si fort contre le pare-brise qu'elle obscurcit complètement la visibilité. Elle oblitéra aussitôt tous leurs sens : ils ne voyaient, n'entendaient, ne goûtaient et ne sentaient rien d'autre.

La Packard dérapa sur la gauche, et Bray accéléra pour tenter de reprendre le contrôle. Lorsqu'il y parvint, la voiture était beaucoup trop proche du camion. Brusquement, le tronc auquel le mouchoir rouge était noué fut devant eux ; il chuta sur l'avant de l'auto, remonta le capot et fracassa le pare-brise.

Genevieve n'eut pas l'opportunité de crier. Elle vit un éclat rouge de l'autre côté du pare-brise, mais le temps que la vision fugitive soit imprimée dans son esprit, l'extrémité de l'arbre traversait la vitre, le bout crénelé et résineux – aussi aiguisé qu'une lance – s'enfonçant dans son œil droit pour rejaillir à l'arrière du crâne. L'impact fut tellement soudain et violent que sa tête fut arrachée du reste de son corps et emportée vers la banquette arrière.

Zaddie leva les yeux et vit le crâne empalé de Genevieve Caskey qui ballottait au-dessus d'elle. Du sang mêlé d'eau de pluie gouttait du voile noir.

L'extrémité de la branche qui avait décapité Genevieve Caskey s'était prise dans la doublure du toit, si bien que Bray perdit à nouveau le contrôle et que la voiture fut traînée par le camion. Lorsqu'ils sortirent enfin de l'ombre du nuage et arrivèrent en terrain sec, Bray appuya sur le frein et, en s'aidant d'une main, arriva à libérer le rondin coincé.

Sans se douter le moins du monde de l'accident survenu derrière, le chauffeur du camion poursuivit sa course. Tandis que le buste de Genevieve tressautait convulsivement à l'avant de la Packard, la tête embrochée fut emportée à travers le pare-brise béant. Elle demeura ainsi empalée à la pointe du rondin jusqu'à Atmore, où deux ouvriers venus décharger le camion la découvrirent. Répugnant à y toucher, ils firent glisser la tête à l'aide d'un bâton, jusqu'à ce qu'elle tombe dans une vieille cagette à oranges qu'ils avaient placée en dessous.

« Vous voyez, fit Elinor d'un ton implacable lorsque la famille apprit la nouvelle, j'avais bien dit qu'il était inutile de parler divorce. »

LES BIJOUX CASKEY

Tout Perdido assista aux funérailles de Genevieve. On n'aurait pas pu empêcher les gens de s'y rendre même si James s'était tenu à la porte de l'église avec une liasse de billets et en avait donné un à chaque personne acceptant de retourner chez elle sans tenter de jeter un œil au corps accidenté. Quoi qu'il en soit, même après être entrés, ils ne virent rien, car les circonstances du décès de Genevieve avaient requis une cérémonie à cercueil fermé.

La famille Caskey était assise au premier rang sur la gauche. Vêtues de noir, les femmes arboraient d'épais voiles. Depuis peu, porter le deuil était passé de mode. Mais les Caskey représentaient la haute société de Perdido, aussi avaient-ils leur tenue d'enterrement toute prête au fond d'une commode. Même Grace était coiffée d'un petit chapeau avec un voile. Certains pensèrent que ça manquait un peu de naturel, mais l'accessoire servait en réalité à masquer les ecchymoses que la morte lui avait infligées deux jours plus tôt.

Le veuf pleura. Ses larmes furent les seules que versa la famille ce matin-là. Ni Mary-Love, ni Sister, ni Elinor ne montrèrent de chagrin.

Dans la rangée derrière Mary-Love se trouvaient un homme et une femme que personne n'avait jamais vus auparavant. Grand et disgracieux, l'homme ne cessa de tousser durant la cérémonie. La femme, petite avec des fossettes, passa son temps à roucouler et gazouiller avec un enfant assis à côté d'elle – un petit garçon d'environ quatre ans qui se plaignait de s'ennuyer avec d'insupportables chuchotements et sifflements. Personne n'avait été prévenu qu'il s'agissait de la famille de Genevieve. Le peu de chic qu'elle avait ostensiblement exhibé – ses vêtements, ses connaissances – s'avérait une imposture quand on voyait sa famille. C'était Queenie et Carl Strickland, accompagnés de leur fils Malcolm. Ceux-là même chez qui Genevieve logeait à Nashville.

Ils avaient débarqué une heure avant la cérémonie et étaient partis sitôt l'inhumation achevée. Lorsqu'ils leur avaient été présentés, Mary-Love avait hoché la tête et Oscar leur avait serré la main. Elinor et Sister s'étaient contentées de sourire. Tout le monde avait été soulagé de les voir s'en aller sans avoir à les gratifier d'un petit mot sur la défunte.

On enterra Genevieve dans le cimetière de la ville, un terrain sablonneux sur les hauteurs, à l'est du quartier des ouvriers. Du fait de son emplacement, le cimetière avait été épargné par la crue, contrairement à celui de l'église Bethel Rest à Baptist Bottom. Là, les fragments d'os et de cercueils avaient été retrouvés à la surface, disséminés sur plusieurs rues lorsque l'eau s'était retirée. Avant même de regagner leurs taudis en ruines, les femmes noires avaient rassemblé les os dans des sacs en toile de jute ; les hommes avaient ensuite creusé une profonde fosse dans laquelle les restes méconnaissables de leurs parents, épouses, enfants et amis avaient été ensevelis, jusqu'à ce que la prochaine crue les exhume à nouveau.

Il y avait désormais cinq tombes dans la parcelle des Caskey : Elvennia et Roland, les parents de James ; Randolph, le frère de James et époux de Mary-Love ; la petite fille qui avait été la sœur de Randolph et James ; et maintenant le trou rectangulaire et profond où l'on réunit la tête décapitée et le corps de Genevieve.

Cet après-midi-là, Mary-Love, Elinor et Sister ôtèrent leur tenue de deuil et se rendirent chez James pour trier les affaires de Genevieve. Elles se répartirent ses vêtements, principalement selon ce qui leur allait le mieux. Ce qui restait, elles le donnèrent à Roxie et Ivey. Si Queenie Strickland n'avait pas quitté Perdido – comme on l'avait d'abord craint –, elle aurait reçu une partie de cette garde-robe ; quoique, ainsi que le fit remarquer Mary-Love : « Elle aurait été obligée de remonter les ourlets d'au moins cinquante centimètres. » Les bagages de Genevieve avaient été extirpés de la carcasse de la Packard et ramenés chez James. Tandis qu'Elinor et Sister passaient en revue les affaires dans les valises, Mary-Love ouvrit les sacs plus petits. Deux d'entre eux contenaient des cosmétiques, mais Mary-Love fut incapable de trouver celui où Genevieve rangeait ses bijoux.

« C'étaient ceux d'Elvennia, expliqua Mary-Love. Ils auraient normalement dû me revenir. Mais Elvennia les a légués à James. Que diable pensait-elle qu'*il* allait en faire ? » La vérité, que Sister n'ignorait pas, était que Mary-Love ne s'était jamais entendue avec sa belle-mère, aussi, pour se venger, celle-ci avait légué tous ses bijoux à son fils. « J'espère seulement, poursuivit Mary-Love, que personne n'a volé le sac pendant que l'automobile était sur le bord de la route.

— Quelles sortes de bijoux possédait Genevieve ? demanda Elinor, une élégante jupe en lin dans les mains.

— Des diamants, essentiellement. Pas gros, mais nombreux. Sertis de belles montures. Des boucles d'oreilles en rubis, en émeraude. Des bracelets. Elle ne les mettait pas souvent, mais elle les emportait toujours avec elle.

— Tu sais bien pourquoi, maman, intervint Sister. Elle avait peur que tu les lui voles !

— Je l'aurais fait ! Qui a pris soin d'Elvennia lorsqu'elle était malade ? James lui-même ne savait pas quoi faire de sa mère. Et voilà que cette vieille a eu le culot de lui léguer tous ses foutus bijoux ! »

Elinor leva la tête : elle n'avait encore jamais entendu Mary-Love jurer.

« Après l'enterrement d'Elvennia, poursuivit Mary-Love, j'ai dit à James qu'il devrait me les donner, que je les avais méritées. Il a refusé. Il a répondu que le dernier souhait de sa mère était qu'ils lui reviennent. À ce jour, je ne lui ai toujours pas pardonné. Mais pas pour cette raison. Je lui ai demandé de me donner au moins les perles. Même ça, il n'a pas voulu.

— Il y avait des perles ? demanda Elinor avec intérêt.

— Des perles noires. La plus belle pièce qu'on ait jamais vue. Un collier de trois rangées doubles pouvant être portées ensemble ou séparément. Ça ne m'aurait pas dérangé que Genevieve garde les diamants, les rubis et les saphirs – après tout, les gens par ici ne portent que leur alliance –, mais j'aurais pu porter ces perles n'importe quand et n'importe où. Au moins la plus petite rangée ; celle-là, j'aurais même pu la mettre pour aller à l'église. Le comble, c'est que Genevieve ne les aimait même pas ! Elle ne voulait pas les porter parce qu'elles étaient noires... Elle les trimballait partout, et moi, je mourais d'envie de les avoir.

— Les perles, c'est ce que je préfère, déclara calmement Elinor.

— Moi, ce sont les saphirs, dit Sister. Mais je n'ai que cette minuscule bague, qu'on m'a offerte à ma naissance parce que j'étais le premier des petits-enfants. Maman, tu devrais demander à James s'il sait où est la cassette à bijoux. »

Mary-Love avait compté et divisé les sous-vêtements de Genevieve selon leur qualité. Elle posa cinq jupons en soie sur le dossier d'une chaise et annonça : « C'est ce que je vais faire de ce pas. Il faut qu'on sache ce qu'ils sont devenus... Ces bijoux sont précieux. »

Elinor et Sister continuèrent à trier les affaires de la défunte. Mary-Love revint dans la chambre au bout de dix minutes. Debout dans l'encadrement de la porte, une main derrière le dos, elle avait l'air estomaquée.

« Alors, maman, dit Sister sans lever la tête, James sait où sont les bijoux ? »

Mary-Love retira sa main de derrière son dos : elle tenait la cassette de Genevieve. Les deux femmes se tournèrent vers Mary-Love. Elle défit le loquet, et le couvercle s'ouvrit. Le plateau tapissé de velours tomba au sol, mais à part ça, il n'y avait absolument rien dedans.

« Maman ? s'écria Sister. Où sont les bijoux ? »

Mary-Love regarda sa fille, puis sa belle-fille. Elle jeta le coffret par terre. Sous l'impact, le couvercle se détacha.

« James les a enterrés, dit-elle après un silence. Il a tout mis dans le cercueil de Genevieve. »

Dans les faits, le décès de son épouse avait perturbé James Caskey bien plus qu'on aurait pu le croire. Il se blâmait amèrement de l'avoir laissée partir... vers sa mort ; se reprochant de ne pas avoir conduit lui-même la Packard jusqu'à Atmore – car alors, il aurait pu mourir à sa place.

Oscar fit remarquer que si on suivait sa logique, James aurait plutôt dû en vouloir à Elinor et Bray pour la mort de son épouse. C'était Elinor qui avait ordonné à Genevieve de s'en aller, et c'était peut-être la conduite de Bray qui avait provoqué l'accident. Mais James voyait les choses autrement et endossait seul la responsabilité. Pour cette raison, afin d'expier une partie de son péché involontaire mais fatal, il avait enterré Genevieve avec les bijoux hérités de sa mère.

Il avait même, en vérité, paru surpris que Mary-Love puisse abattre sur lui les foudres de son indignation et de sa colère.

« Mais, Mary-Love, avait-il faiblement protesté, qu'est-ce que j'allais bien pouvoir faire de ces bijoux ? Je n'allais quand même pas les porter !

Et puis, ils étaient à elle, je lui avais offert chacun d'eux... »

Mary-Love soupira. Ils étaient seuls. En tant que doyens de la famille Caskey, ils s'arrogeaient le droit de garder privées certaines discussions et décisions. Dans le cas présent, Mary-Love ne souhaitait pas que son fils ou sa fille soient présents.

« James, qui est en train de pleurer dans la pièce à côté ?

— Grace », répondit ce dernier. Et on entendait effectivement sangloter l'enfant à travers le mur.

« Et qui est-elle ? demanda Mary-Love en regardant son beau-frère dans les yeux. Grace est-elle bien une enfant ?

— Oui.

— As-tu pensé que cette enfant allait grandir, et qu'une fois adulte, elle aurait pu porter ces bijoux ? Voilà où je veux en venir : ces bijoux – qui auraient dû m'être légués – auraient pu revenir à *ta* fille. James, espèce d'idiot, tu aurais pu diviser ces bijoux entre nous – après tout, ils appartiennent à la famille. Il y en aurait eu pour moi, pour Sister et pour Elinor, et le reste aurait été déposé dans un coffre pour Grace. Tu aurais même pu envoyer une paire de boucles d'oreilles à Queenie Strickland. Ainsi, tout le monde en aurait profité.

— Mary-Love, dit James, apparemment troublé, je n'y ai absolument pas pensé.

— Je sais. Et même si tu y avais pensé, tu ne

l'aurais pas fait ! Je suis à deux doigts de donner une pelle à Bray et de lui dire de déterrer Genevieve !

— Mary-Love, je t'en supplie, ne fais pas ça ! », dit James avec une voix tremblante, mais Mary-Love ne lui fit pas le plaisir de revenir sur sa menace.

Le cercueil ne fut pas exhumé, et Mary-Love interdit toute mention des bijoux – leur perte était un sujet trop douloureux. Personne n'arrivait à croire que James ait purement et simplement jeté pour trente-huit mille dollars de pierres précieuses. Mary-Love avait pour habitude d'investir son argent en achetant des bijoux, aussi connaissait-elle leur valeur.

Un matin d'octobre, Ivey préparait le déjeuner dans la cuisine. Depuis la mort de Genevieve six semaines plus tôt, James et Grace avaient pris l'habitude de manger chez Mary-Love, si bien que Roxie, n'ayant quasiment plus rien à faire de la journée, passait ses matinées dans la cuisine de Mary-Love en compagnie d'Ivey et de Zaddie.

« Oh, regardez-moi ça ! s'exclama Ivey, penchée au-dessus de la cuisinière.

— Qu'est-ce qu'y a ? demanda Roxie.

— C'est les patates.

— Y a des bêtes dedans ?

— Non, mais j'ai jamais vu l'eau s'évaporer aussi vite d'une marmite. Ça veut dire qu'il va pleuvoir aujourd'hui !

— Je vois aucun nuage, nota Roxie en plantant fermement ses pieds au sol et en se penchant à l'extrémité de sa chaise en paille afin de scruter le ciel par la fenêtre de la cuisine.

— Je me trompe jamais, répliqua Ivey. Jamais quand faut lire dans les patates. »

Et elle ne se trompait pas. Vers midi, les nuages commencèrent à s'amonceler, et la pluie tomba une heure plus tard. De retour de la scierie pour le déjeuner, James et Oscar se firent surprendre et durent s'abriter chez le barbier, où ils en profitèrent pour se faire couper les cheveux.

Ce qui ne ressemblait d'abord qu'à une averse passagère se transforma bientôt en pluie diluvienne, gonflant la boueuse Perdido, éclaboussant de sable gris les troncs des chênes d'eau dans la cour, et dissuadant de mettre le nez dehors quiconque n'avait pas d'urgence particulière. Et puisque la ville n'était pas soumise au rythme forcené des grandes métropoles, chacun resta chez soi. Dans la forêt, les ouvriers des scieries trouvèrent refuge dans une cabane en rondins ou sous un cèdre – c'est l'arbre qui fournit le meilleur abri contre la pluie. Les enfants se massèrent sous les auvents et regardèrent ébahis le déluge, car la pluie, à Perdido, tombait parfois avec une violence inouïe. L'eau détrempa la terre autour des maisons des Caskey. Assises sous le porche à l'arrière de chez James, Grace et Zaddie confectionnèrent des bateaux en papier qu'elles lancèrent dans une grosse mare qui s'était formée devant la cuisine. Elles ne tirèrent cependant de cette occupation qu'un court amusement car la pluie transforma aussitôt les embarcations en bouillie.

Au cimetière, les rafales d'eau s'abattirent sur la tombe de Genevieve. Elles renversèrent les vases que James venait fleurir chaque jour. Elles déchirèrent les pétales et les ensevelirent – comme pour transmettre l'hommage du veuf directement à la défunte. En peu de temps, le monticule de terre qui recouvrait la tombe fut balayé et le sol devint aussi plat que du vivant de Genevieve, lorsqu'elle ignorait encore tout de cette ultime demeure. La terre qui recouvre une tombe étant meuble, la pluie creusa au-dessus du cercueil une dépression qui bientôt se remplit d'eau. À son tour, l'eau s'infiltra dans le sol, puis vint gorger la fosse et noyer la terre si bien qu'au bout d'un temps, sous la pluie incessante, quiconque se serait aventuré près de la sépulture aurait constaté que Genevieve – et ses bijoux – était non seulement morte, mais aussi totalement sous l'eau.

La pluie surprit Mary-Love et Sister alors qu'elles mesuraient les fenêtres de l'un des salons de la nouvelle maison pour y faire poser des rideaux. Depuis l'achèvement des travaux, Mary-Love avait changé de stratégie. Elle n'avait aucune intention d'autoriser Oscar à voler de ses propres ailes, même si ça signifiait poursuivre la cohabitation avec Elinor. À présent que Genevieve était morte, l'antipathie de Mary-Love s'était de nouveau dirigée vers sa belle-fille. Que Mary-Love soit capable de garder Oscar auprès d'elle alors que la situation était pour lui aussi gênante que contraignante, et qu'une vaste maison inoccupée l'attendait tout près, était la preuve bien visible que son emprise sur son fils était bien plus forte que celle d'Elinor. Elle avait en effet déclaré qu'elle ne permettrait pas au couple de s'installer chez eux avant qu'elle-même soit entièrement satisfaite de son « cadeau ». Et la satisfaction, se rassurait intérieurement Mary-Love, était un sentiment qui pouvait être indéfiniment reporté. Les pièces principales étaient meublées depuis longtemps, et le mobilier avait été recouvert de draps de protection contre la poussière. Il n'y avait ni eau ni électricité, les lieux étaient sombres et silencieux.

De chaque côté de la maison s'écoulait un épais rideau de pluie, creusant des fondrières dans les parterres de fleurs que Bray avait plantés.

« Sister, demanda Mary-Love en regardant avec appréhension les trombes d'eau qu'il leur faudrait traverser pour rentrer chez elles, tu as pris quelque chose pour te couvrir la tête ?

— Attendons plutôt que ça passe, suggéra sa fille. Ça ne va pas durer. »

Mary-Love acquiesça, peu désireuse de se mouiller. Sister et elle finirent de prendre les mesures et, après avoir soigneusement ôté le drap qui le couvrait, s'installèrent sur le canapé flambant neuf du salon. Sister ouvrit les rideaux posés la semaine précédente, et les deux femmes guettèrent les premiers signes d'accalmie.

Le crépitement de la pluie était hypnotique, et il faisait froid bien qu'on soit en octobre. Bâtie pour faire entrer le maximum d'air et de lumière, la maison semblait lugubre, obscure, inhospitalière.

« Maman, on devrait peut-être faire un feu...

— Mais je t'en prie, répliqua Mary-Love. Tu as des allumettes ? Du petit bois ? Du charbon, peut-être ?

— Non.

— Alors ça règle la question », dit Mary-Love en réprimant un frisson.

Presque imperceptiblement, au cours de cet échange, la pluie avait diminué.

Soudain, Sister leva la tête.

« Maman, tu entends ?

— J'entends la pluie.

— Non, quelque chose dans la maison, chuchota Sister. Il y a un bruit.

« — Je n'entends rien du tout. C'est seulement la pluie sur le porche.

— Maman, non, c'est autre chose. »

Il y eut un choc sur le plancher dans la pièce au-dessus d'elles.

« Tu vois ! s'écria Sister en se collant contre sa mère. Il y a quelqu'un à l'étage !

— Balivernes », dit Mary-Love avec fermeté, quoique sans paraître entièrement convaincue.

Elles restèrent assises en silence, l'oreille tendue. Même si elle avait perdu en intensité, la pluie ne semblait pas près de s'arrêter.

Elles perçurent un tintement métallique, ténu et lointain. C'était comme si Grace ouvrait sa tirelire sur le lit dans la pièce d'à côté.

Lorsque Mary-Love se mit debout, Sister tenta de la retenir.

« Sister, dit sa mère d'un ton sévère, il n'y a personne dans cette maison. C'est sans doute un écureuil. Ou une chauve-souris. Ou bien c'est une fuite dans le toit. Tu sais combien ce toit m'a coûté ? Je vais monter vérifier et tu vas m'accompagner. »

Sister n'osa pas refuser. Il y eut un nouveau heurt métallique, cette fois plus fort. Mary-Love sortit dans le couloir et se mit à grimper l'escalier. Sister lui emboîta le pas, la main accrochée à un pli de la jupe de sa mère.

« Ça vient d'une des chambres à l'avant », dit Mary-Love.

Une fois sur le palier à mi-étage, elles s'arrêtèrent pour scruter le couloir. Toutes les portes étaient closes, le couloir lui-même était plongé dans la pénombre. Au fond, une porte incrustée de vitraux ouvrait sur une petite terrasse. Le verre coloré de vermillon, de cobalt et de vert chartreuse étincelait, mais la lumière était trop faible pour éclairer le tapis sombre sur le sol.

Un nouveau tintement.

Sister frissonna et saisit le bras de sa mère.

« Maman, ce n'est pas une chauve-souris ! »

Mary-Love finit de monter les dernières marches et avança d'un pas résolu. Sans hésiter elle longea le couloir, tapant du pied pour avertir de son arrivée ce qui pouvait se trouver dans la chambre. Une fois au bout, elle se tourna soudain à gauche et cogna sur le mur à côté de la porte, avant de frapper à la porte elle-même.

D'abord, il ne se passa rien. Puis un bruit sourd résonna, presque immédiatement suivi d'un tintement.

Dans le dos de sa mère, Sister haletait.

« Je t'en supplie, murmura-t-elle, n'ouvre pas. »

Mary-Love tourna la poignée et poussa la porte de la chambre. Le battant s'ouvrit doucement pour révéler une pièce carrée et obscure dont les fenêtres étaient drapées d'épais rideaux. Le mobilier avait été l'un des premiers achetés, aussi était-il resté couvert sous des draps plus longtemps qu'aucun autre. Les murs étaient peints d'un vert empire. On ne distinguait que les contours du lit en noisetier, de la coiffeuse, de la glace fixée au-dessus, de l'armoire et des tiroirs de la commode. Les deux femmes se tenaient parfaitement immobiles devant l'entrée, guettant un nouveau choc, un nouveau tintement ou un mouvement dans les ténèbres de la chambre.

Un reflet passa à l'angle juste au-dessus de l'armoire. Aussitôt après, il y eut un cognement sourd. Sister poussa un cri.

« Qu'est-ce que c'était ? demanda Mary-Love qui regardait ailleurs.

— Quelque chose au plafond ! C'était au plafond !

— Quoi ?

— Je n'en sais rien ! Maman, referme vite cette porte et allons-nous-en !

— On ne voit rien avec ces rideaux tirés. Sister, va les ouvrir.

— Hors de question ! Il y a quelque chose là-dedans !

— C'est une chauve-souris. Je vais devoir la tuer. Mais il faut bien que je puisse la voir.

— Les chauves-souris ne brillent pas dans le noir ! »

Encore un scintillement, suivi d'un bruit métallique.

Poussant un hurlement, Sister fit demi-tour et s'enfuit dans le couloir.

Mary-Love regarda un instant sa fille, puis elle traversa la chambre d'un pas ferme pour ouvrir les rideaux. « Sister ! », appela-t-elle en écartant la lourde tenture. Alors qu'elle se retournait, elle perçut du coin de l'œil un nouvel éclat près du plafond, et sentit quelque chose de dense et pointu frapper le sommet de son crâne. Elle entendit le bruit sourd que ça fit en heurtant le sol.

Sister apparut craintivement à la porte. Mary-Love se baissa et ramassa ce qui était tombé à ses pieds.

« Maman, qu'est-ce que c'est ? demanda Sister d'une voix apeurée.

— Une bague en saphir… », répondit Mary-Love en tendant le bijou vers la lumière. Puis, après un silence, elle ajouta sombrement : « Ta grand-mère portait cette bague à l'index de sa main droite. »

Sister cria et pointa un angle de la pièce. Saillant d'une moulure au plafond juste au-dessus de la commode, un bracelet en pierres précieuses miroitait. On aurait dit qu'il avait été pressé hors du mur, de la même façon qu'on passe une pomme de terre au presse-purée. Le bijou se balança un instant dans le vide, avant de tomber sur le plateau de la commode avec un tintement métallique. Mary-Love alla le ramasser. Le bracelet était serti de sept rubis entourés chacun de petits diamants ronds.

« Elvennia le portait à mon mariage », dit-elle.

Sur le dessus de la commode se trouvait également une bague sertie de trois gros diamants.

« Maman… », chuchota Sister en désignant le lit.

Posé sur le drap de protection, il y avait un petit tas de joyaux.

« Ça sort du plafond !

— Sister, chut ! siffla Mary-Love d'un air mécontent et confus, serrant dans son poing le bracelet et les deux bagues jusqu'à sentir les facettes lui mordre la chair. Sister, murmura-t-elle, ce sont les bijoux que James a enterrés avec Genevieve. »

Sister se mordit la lèvre et commença à reculer.

« Maman, dit-elle, au bord des larmes, comment sont-ils arrivés ici, comment… »

Une broche de rubis et d'émeraudes tomba du plafond au centre du lit, venant grossir la pile.

C'en fut trop, même pour Mary-Love.

« Dehors ! Dehors ! », cria-t-elle à sa fille, qui se tourna vers la porte de la chambre… laquelle se ferma d'un claquement.

Deux autres bagues furent éjectées du plafond et atteignirent Sister à la tête. Elle tomba à genoux, hurlant de terreur.

Mary-Love se précipita vers la porte et tenta de l'ouvrir. La poignée cliqueta dans sa main. Verrouillée.

« Maman ?! hurla Sister. C'est fermé à clé ?!

— Bien sûr que non ! Elle est juste coincée. »

Sister leva les yeux. Un autre bracelet jaillit du

plafond, cette fois à un endroit différent. Après avoir vacillé un instant, il tomba et s'accrocha à l'un des angles du miroir de la coiffeuse.

Mary-Love se baissa pour relever sa fille. Sister gémissait.

Ne sachant quoi faire, et stupéfaite comme jamais dans sa vie, Mary-Love tendit la main vers la porte de la penderie. La porte était plus petite qu'aucune autre dans la maison, et Mary-Love fut incapable de se rappeler pourquoi ses dimensions étaient aussi étranges. Le battant s'ouvrit à la volée. La penderie était vide, à l'exception d'une robe noire pendue à un cintre, un voile noir accroché à l'un de ses revers. Alors que Mary-Love l'examinait, un mélange opaque de sang et d'eau de pluie commença à en goutter sur le parquet.

Elle referma d'un geste sec.

Sister s'agrippait toujours à sa mère. Cette dernière la repoussa et revint à la porte de la chambre. Peut-être était-elle seulement bloquée, peut-être l'humidité avait-elle fait gonfler le bois. Elle tira fort sur la poignée. Rien. Mary-Love recula d'un pas, se mordant la lèvre afin de retenir un cri de frustration et de rage.

Puis le battant s'ouvrit d'un coup.

Elinor Caskey se tenait sur le seuil. Elle portait une robe verte qui avait appartenu à Genevieve. À son cou, il y avait le plus petit des trois colliers de perles noires.

« Les portes se bloquent souvent par mauvais temps, dit-elle.

— Oh, Elinor ! haleta Sister. Maman et moi, on a eu si peur ! On a cru que quelqu'un nous avait enfermées !

— Pas du tout, rétorqua Mary-Love avec raideur, se remettant peu à peu de sa frayeur, les yeux désormais rivés sur le collier de perles au cou de sa belle-fille. On a juste cru que la porte était coincée… comme tu dis. »

Sister jeta un œil à sa mère, mais n'osa pas la contredire.

« Que fais-tu ici ? Tu nous as entendues crier ? C'est pour ça que tu es là ?

— Non, sourit Elinor. Je suis ici pour une tout autre raison. J'ai une nouvelle à vous annoncer.

— De quoi s'agit-il ? dit précipitamment Mary-Love.

— Oh, Elinor, ça ne peut pas attendre ? Je veux rentrer à la maison ! cria Sister.

— Ça peut attendre, dit Elinor. Mais je crois qu'il vaut mieux rassembler tout ça. »

Entrant dans la chambre, elle s'approcha du lit et commença à fourrer les bijoux dans la poche de sa robe. Après un court battement, Mary-Love accourut et se remplit, elle aussi, les poches.

LA NOUVELLE D'ELINOR

Plus tard ce même après-midi, alors que la pluie n'était plus qu'un filet de gouttes coulant des rebords des fenêtres, Sister se remettait de ses émotions dans sa chambre tandis que Mary-Love et Elinor débattaient calmement de la manière dont se partager les bijoux de Genevieve. Curieusement, aucune des deux n'évoqua leur inexplicable et mystérieuse réapparition, si ce n'est par des sous-entendus. Elles se mirent aussitôt d'accord pour que James ne les découvre jamais, car il ne manquerait pas de reconnaître les bijoux ayant appartenu à sa mère et à son épouse. Mary-Love prendrait ses trois bagues favorites et deux bracelets de saphirs et diamants pour Sister, le reste serait entreposé dans un coffre-fort à Mobile pour quand Grace atteindrait sa majorité. « D'ici là, ajouta Mary-Love, James sera peut-être mort, ou bien il aura perdu la mémoire et ne verra plus d'inconvénient à les donner à Grace. Je suppose, poursuivit-elle avec délicatesse, que tu devrais garder les perles, Elinor.

— Je suppose que c'est ce que je vais faire », répondit celle-ci.

De tous les bijoux à avoir été enterrés dans le cercueil de Genevieve, seules les perles noires n'avaient pas surgi du plafond de la chambre. Malgré sa terreur et sa stupéfaction, Mary-Love, avec son sens du pragmatisme, l'avait bien noté. Elle n'avait vu qu'une rangée de perles au cou d'Elinor, mais suspectait fortement que les deux autres étaient aussi en sa possession. Bien entendu, Mary-Love désirait ces perles plus que tout – c'était la pièce non seulement la plus précieuse, mais aussi la plus belle et la plus facilement mettable –, pourtant, même si par commodité elle s'empêchait de réfléchir à la mystérieuse et troublante apparition des bijoux, elle *savait* qu'Elinor, d'une façon ou d'une autre, en était la cause. Et si Elinor les avait effectivement rapportés – « Ne me demande pas comment, Sister, il vaut mieux que nous ne le sachions pas » –, alors oui, elle méritait sa part.

À la suite de cette discussion, Mary-Love ne parla plus jamais de ce qu'elle avait vu dans la nouvelle maison. Elle n'avait absolument aucune envie de creuser plus avant la question. Aussi, quand Sister descendit de sa chambre et lui demanda en chuchotant ce qui s'était passé et qu'on lui donne cinq bonnes raisons de ne pas brûler la maison sur-le-champ, sa mère répondit simplement :

« Sister, nous avons récupéré les bijoux d'Elvennia, c'est tout ce qui compte. Mais voilà ce que je vais faire, demain à la première heure, je vais envoyer Bray là-bas avec un balai et je vais lui dire de tuer toutes les chauves-souris qui sont dans la chambre.

— Des chauves-souris ! », s'exclama Sister, outrée par l'obstination insensée de sa mère au point qu'elle fut incapable d'ajouter quoi que ce soit de pertinent et quitta la pièce.

Mary-Love se persuada peut-être qu'il y avait des chauves-souris dans la chambre de la maison voisine, elle n'y retourna cependant jamais pour s'assurer qu'elle avait bien emporté tous les bijoux qui s'y trouvaient, ou que c'était effectivement du sang qui avait coulé de la robe et du voile accrochés dans la penderie.

Ce soir-là après le dîner, les trois femmes s'installèrent sous le porche pour regarder la lune se lever et attendre qu'Oscar rentre d'une réunion du conseil municipal.

« Elinor ! lâcha soudain Sister. Cet après-midi, tu as dit que tu avais une nouvelle à nous annoncer, mais tu ne nous as pas dit quoi. J'avais complètement oublié.

—Ça m'était également sorti de la tête », dit Mary-Love. Ce qui évidemment était faux, mais elle ne voulait surtout pas paraître intéressée ou curieuse.

« Je suis allée voir le docteur Benquith en début d'après-midi. Il semblerait que je sois enceinte. »

Pour une fois, Mary-Love ne cacha pas sa joie. Elle se leva de son siège et prit Elinor dans ses bras. Puis ce fut au tour de Sister.

« Oh, Elinor ! s'écria Mary-Love. Je suis la plus heureuse des femmes ! Tu vas me donner un petit-fils ou une petite-fille !

—Il faut le dire à James, pressa Sister. La lumière est allumée, chez lui. Il va être fou de joie !

—Non, dit Elinor. Je dois d'abord annoncer la nouvelle à Oscar.

—Mais tu viens de nous le dire, objecta Sister.

—C'est différent, coupa Mary-Love. Nous sommes des femmes. James est un homme. Elinor a raison. Il n'y a aucune raison que James soit mis au courant avant Oscar.

—Tu pourrais le dire à Grace ? C'est une fille. »

Mary-Love fit non de la tête.

« Sister, je m'étonne parfois que tu en saches aussi peu. Les femmes découvrent les choses en premier, puis elles en parlent aux hommes – autrement, les hommes ne découvriraient *jamais rien* –, ensuite ce sont les domestiques et, en dernier, les enfants. Il arrive aussi que les enfants ne soient jamais mis au courant, même une fois adultes. Certains secrets sont destinés à mourir. Je ne devrais même pas avoir à te dire ce genre de choses. Tu devrais le savoir !

— Eh bien, je ne le sais pas, fit Sister d'un ton boudeur. C'est peut-être pour ça que je ne me marierai jamais.

— Ne dis pas ça, dit sévèrement Mary-Love. Lorsque tu seras prête... »

L'auto d'Oscar s'arrêta devant la maison.

« Tu préfères que nous rentrions ? chuchota Mary-Love, mais Elinor lui fit signe que non.

— Je vais lui annoncer la nouvelle, c'est tout, dit-elle simplement. Il n'y a pas de raison que vous ne soyez pas présentes. »

Oscar gravit les marches du porche et s'apprêtait à entrer dans la maison quand Elinor le héla :

« Oscar, on est là !

— Bonsoir tout le monde, dit-il en s'avançant vers elles. Quelle soirée ! Il n'y a pas un nuage.

— Oscar, annonça Elinor sans préambule. Je vais avoir un bébé. »

Sous le choc, Oscar se figea, puis il sourit.

« Elinor, je suis tellement heureux. Tu sais si ce sera un garçon ou une fille ?

— Tu prendras ce qui viendra, lança Mary-Love.

— Que préfères-tu ? demanda Elinor.

— J'aimerais avoir une fille, répondit Oscar en s'asseyant et en passant son bras autour des épaules de sa femme.

— Eh bien, c'est ton jour de chance, Oscar, parce que c'est ce que tu auras, déclara Elinor, non comme s'il s'agissait d'une question de croyance ou d'une simple conjecture, mais d'un constat, de la même façon qu'elle aurait pu annoncer aller acheter une robe rose plutôt qu'une bleue.

— Comment peux-tu en être certaine ? demanda Sister, qui ce jour-là en était venue à comprendre que bien des choses dans la vie lui échappaient.

— Chut ! l'interrompit Mary-Love. Je pense que ce sera merveilleux d'avoir une petite fille à la maison. »

L'annonce d'Elinor éclipsa entièrement les nouvelles de moindre importance qu'Oscar rapportait de la réunion du conseil municipal, aussi la famille n'en entendit-elle parler que le lendemain, au cours du petit déjeuner. Un troisième agent allait rejoindre l'équipe de police de la ville ; les commerçants de Palafox Street s'étaient mis d'accord pour payer la moitié du coût pour un nouveau revêtement sur les trottoirs ; enfin, un ingénieur de la ville de Montgomery, Early Haskew, installé depuis la veille à l'*Osceola*, avait été introduit auprès du conseil municipal – « un homme très gentil, qui présente bien », ajouta Oscar, laissant insatisfait le désir de sa mère d'en connaître davantage – et allait commencer dès aujourd'hui son étude sur Perdido.

« Une étude pour quoi faire ? demanda Sister.
— Pour la digue, bien sûr », répondit Oscar.
Elinor reposa sa fourchette dans un *clac* sonore.

Oscar ignorait tout d'une grossesse, si ce n'est qu'elle durait neuf mois. Il calcula donc la date de naissance de sa fille à partir du jour où Elinor lui avait fait son annonce, comme si sa femme était tombée enceinte la veille et que, d'une façon ou d'une autre, elle l'avait su. Il fut transporté de joie en apprenant que son attente ne durerait finalement que sept mois – sa fille (de *cela*, il était certain, car Elinor l'avait affirmé) naîtrait en mai.

Cette nuit-là, tandis qu'Elinor se déshabillait et qu'Oscar, agenouillé pour sa prière, se relevait du chevet du lit, il annonça :

« Elinor, je crois que tu devrais quitter l'école.
— Pas question.
— Tu es enceinte !
— Tu crois vraiment que j'ai envie de rester toute la journée à la maison cernée de chaque côté par ta mère et ta sœur ?
— Non, admit-il. Je suppose que ce n'est pas vraiment ce que tu veux.
— Oscar, poursuivit-elle, ouvrant les rideaux afin que l'éclat de la lune pénètre dans la chambre, il est temps qu'on s'installe dans notre nouvelle maison. »

Elle releva le store et se pencha à la fenêtre. À sa gauche, la demeure qui avait été bâtie pour elle : vaste, carrée et solide, comme surgie d'un lac de sable étincelant. Derrière elle, la forêt de pins plongée dans le noir bruissait doucement.

« Cette maison est notre cadeau de mariage, reprit-elle. Ça fait six mois qu'on est mariés, pourtant on vit toujours dans ta chambre d'enfant. Chaque fois que je suspends une de mes robes au fond de l'armoire, je tombe sur un de tes anciens jouets – ils sont encore là, et je n'ai même pas la place de ranger mes chaussures ! La maison à côté a seize pièces et aucune n'est habitée. »

Elle se mit au lit.

« Maman va se sentir seule quand on va partir, risqua Oscar.

— *Maman* aura Sister, répliqua sèchement Elinor. *Maman* pourra regarder par la fenêtre – sans même se lever de son lit – et s'assurer tous les matins qu'on est bien debout. *Maman* pourra tendre le bras par la porte d'entrée et me secouer son balai au visage. Oscar, on ne s'en va pas à l'autre bout du monde. On déménage à trente mètres d'ici. Et ce que tu dois comprendre, c'est que je vais avoir un enfant. Nous avons besoin de cette maison.

— Tu as parfaitement raison, dit Oscar, mal à l'aise. Je vais lui parler. » Une pensée lui traversa soudain l'esprit. Il se retourna sur son oreiller et fit face à sa femme. « Elinor, je peux te demander quelque chose ? Est-ce que tu es tombée enceinte pour pouvoir quitter cette maison ?

— Je ferai *tout* pour qu'on quitte cette maison, Oscar. Je ferai tout ce qu'il sera nécessaire », répondit-elle, puis elle lui tourna le dos et s'endormit.

Oscar parla à Mary-Love, mais celle-ci refusa catégoriquement qu'ils s'en aillent. Elle prétexta que la maison n'était pas encore entièrement meublée. Que la chambre à l'étage était infestée de chauves-souris que Bray n'avait pas été capable de tuer. Elle objecta qu'avant qu'Oscar et Elinor puissent s'installer, il leur faudrait embaucher au moins deux domestiques pour travailler à plein temps, or toutes les Noires convenables de Perdido étaient déjà prises. Elinor étant enceinte, il était inconcevable qu'elle se charge seule de la maison, à monter et descendre l'escalier toute la journée, à se préoccuper de la literie et des coussins. Et pour s'assurer qu'Elinor et Oscar ne partiraient pas un jour alors qu'elle était de sortie – en souvenir et en prévention des circonstances de leur mariage –, Mary-Love rendit discrètement visite à la compagnie des eaux et à la Alabama Gas & Power Company pour leur faire promettre de ne raccorder l'eau, l'électricité et le gaz que lorsqu'elle leur aurait donné son consentement écrit.

Oscar capitula.

« Impossible de lutter, dit-il à sa femme avec un soupir de désespoir. Elle a toujours plus d'arguments que moi. Et franchement, Elinor, la seule chose qu'elle désire au monde, c'est prendre soin de toi pendant ta grossesse ! Pourquoi ne pas juste te détendre et en profiter ?

— Il n'y a pas assez de place dans cette maison pour se détendre, on est tellement à l'étroit !

— Dans la chambre, il y a de la place, dit mollement Oscar. Elinor, je te promets qu'on emménagera chez nous dès que notre fille sera née. Tu vois la petite pièce derrière la cuisine ?

— Eh bien ?

— Je pensais qu'on pourrait installer un petit lit et y faire dormir Zaddie. Comme ça, elle te tiendrait compagnie et s'occuperait de notre fille. Zaddie t'est entièrement dévouée, et je sais qu'il n'y a rien au monde qu'elle aimerait plus que de venir habiter avec nous. »

C'était une importante concession. Si cet arrangement innocent et bénéfique venait à se réaliser, Zaddie Sapp serait la seule Noire de tout le comté de Baldwin – le plus vaste de l'Alabama, quoique pas le plus densément peuplé – à vivre dans un foyer de Blancs.

« Je pense que c'est une bonne idée, dit Elinor avec une grimace. Mais, Oscar, laisse-moi te dire quelque chose. Je ne me déclare pas vaincue. Tu ne m'achèteras pas avec des promesses et de belles paroles. Je pense que nous devrions emménager dans notre maison, et je pense que nous devrions le faire dès ce soir !

— Il n'y a même pas de draps sur les lits…

— J'irai en emprunter chez Caroline DeBordenave s'il le faut ! s'emporta Elinor.

— On ne peut pas, gémit Oscar.

— *Tu* ne peux pas, corrigea Elinor. *Tu* ne peux pas t'opposer à ta mère. C'est tout.

— Dans ce cas, parle-lui, toi. Oppose-toi à elle.

— Ce n'est pas à moi de le faire. Je refuse qu'on m'accuse pour le reste de ma vie de t'avoir arraché à elle. »

Le couple vécut donc chez Mary-Love jusqu'au terme de la grossesse d'Elinor. Malgré les admonestations de Mary-Love, Elinor, accompagnée de Grace, continua à se rendre chaque matin à l'école à bord du canot vert de Bray, sans manquer un seul jour. Mary-Love et Sister confectionnèrent une layette et achetèrent un ensemble de meubles pour bébé à Mobile. Cependant, à la livraison, tel un mauvais augure, Mary-Love fit installer le mobilier non pas dans la nouvelle maison, mais dans une chambre vacante de sa propre demeure. Lorsque Oscar revint de la scierie cet après-midi-là, Elinor l'entraîna à l'étage, ouvrit la porte de la chambre en question et pointa du doigt le couffin encore enveloppé de papier kraft – mais ne dit pas un mot.

« Le moment venu, promit Oscar tout bas, je ferai entendre ma voix. »

Le moment arriva plus vite que prévu. Le vingt et unième jour de mars, après l'école, Grace attendait sur l'embarcadère tandis qu'Elinor finissait d'amarrer le canot à l'anneau de fer du poteau le plus éloigné. Grace lui tendit ensuite la main et l'aida à se hisser sur les planches vermoulues du ponton. Le ventre protubérant d'Elinor rendait la manœuvre compliquée. Une main posée sur son front, Elinor ferma les yeux et dit :

« Grace, tu veux bien faire quelque chose pour moi ?

— Bien sûr.

— Dis à Roxie d'aller chercher le médecin. Ensuite, tu courras chez Mary-Love et tu diras à Ivey de préparer mon lit. »

Grace eut un moment d'hésitation.

« Tu es malade ? demanda-t-elle d'une voix tremblante.

— Grace, sourit faiblement Elinor, je vais accoucher. »

Grace partit sur-le-champ, aussi excitée qu'au jour du mariage d'Elinor.

Deux heures plus tard, Elinor Caskey – à laquelle Sister tenait la main gauche et Ivey Sapp la droite, tandis que Mary-Love lui épongeait le front – donna naissance à une petite fille d'un kilo trois cents. Le bébé était si minuscule que pendant deux mois on dut le transporter dans le creux d'un oreiller en plumes. Par décret d'Elinor et consentement d'Oscar, l'enfant fut appelée Miriam Dammert Caskey.

L'OTAGE

Miriam ne ressemblait pas à Elinor ; elle ressemblait à Oscar et à tous les autres Caskey. N'eût-elle été le premier de ses petits-enfants, ce seul fait aurait suffi à la rendre chère aux yeux de Mary-Love. Elle avait les cheveux des Caskey, d'une couleur qui n'en était pas une, et le nez des Caskey, certes pas tout à fait droit, mais qu'on aurait eu du mal à décrire comme crochu, bulbeux, trop petit ou trop particulier dans sa forme et sa taille.

Miriam était née un lundi. Ce soir-là, Zaddie porta un message au domicile de Madame Digman pour la prévenir qu'Elinor n'enseignerait pas le lendemain, mais qu'elle espérait être de retour le mercredi. Ce que fit Elinor, en dépit des cris de protestation de Mary-Love :

« Tu vas laisser seul un nourrisson d'à peine deux jours !

— Elle n'est pas seule, fit remarquer Elinor. Dans cette maison, il y a toi, Sister et Ivey. Zaddie et Roxie sont juste à côté. Si à vous cinq vous n'y arrivez pas, vous pouvez appeler Oscar. De toute façon, il va venir la voir au moins cinq fois par jour.

— J'aurais pensé que tu allais quitter l'école, répondit Mary-Love.

— Eh bien tu te trompes. Que penserait Madame Digman d'une chose pareille ! Sans compter mes petits Indiens !

— Mais la pauvre Miriam… gémit Mary-Love.

— Comme tu l'as souligné, Miriam n'a que deux jours. Elle serait incapable de faire la différence entre moi et un habitant de la Lune. Sister, prends donc une de mes robes dans la penderie et enfile-la, tu feras semblant d'être moi quand tu te pencheras au-dessus du couffin. »

Dans les mois qui suivirent la naissance de Miriam, Elinor ne rappela pas à son mari la promesse qu'il lui avait faite. Miriam était minuscule – vit-on jamais plus petit nourrisson ? – et requérait une attention énorme compte tenu de sa taille et de sa constitution fragile. Elle avait une peau très blanche sous laquelle se dessinait le réseau bleu et délicat de ses veines. Elle ne pleurait quasiment jamais, un phénomène à propos duquel Ivey avait confié à Roxie : « Sûrement que cette gamine a pas assez de souffle pour respirer et pleurer à la fois ! Elle peut juste pas faire les deux, et si elle passe deux ans, elle passera bien la Perdido si j'la balance par-dessus, qu'Bray la rattrape de l'autre côté, Dieu m'est témoin ! » Et Roxie ne lui donna pas tort.

Dans la petite chambre située entre celle d'Elinor et Oscar et celle de Sister, on tapissa le couffin de quatre couvertures pliées, un cocon au sein duquel Miriam, silencieuse et immobile, passait ses nuits. Sister, qui avait obtenu le privilège de lui donner le biberon de deux heures du matin, devait souvent commencer par réveiller le bébé, profondément endormi. Quelquefois aussi, après avoir allumé la veilleuse et marché à tâtons jusqu'au couffin, Sister découvrait la petite fille en train de la regarder avec un sourire minuscule, comme pour dire, selon Sister : « Eh non, tu ne m'auras pas par surprise ! »

Miriam grandit rapidement et gagna en vigueur. Sister et Mary-Love, qui passaient toute la journée à la maison pendant qu'Elinor travaillait, se prirent vite à penser au bébé comme étant le leur et à jalouser l'heure que passait Elinor avec elle à son retour de l'école. Elles retiraient Miriam des bras d'Oscar, qu'elles jugeaient inapte à manipuler une enfant si petite.

« Seigneur, maman, protestait Oscar, j'en sais autant sur ces choses que Sister !

— Pas du tout ! répliquait celle-ci. Oscar, je te vois déjà la faire tomber... »

Oscar s'estimait heureux. Il était le père d'une petite fille très jolie au comportement irréprochable – il avait dit à James qu'ils auraient pu emmener Miriam à la messe sans qu'elle ne produise même un babillement. En outre, Elinor paraissait satisfaite de l'arrangement : elle ne pensait plus à quitter la maison de sa mère, du moins, n'en parlait-elle plus. Oscar était certain que Miriam était la raison de ce changement. Elinor avait besoin de Mary-Love et de Sister pour s'occuper de sa fille pendant qu'elle enseignait. « Je sais qu'Elinor aime profondément Miriam, avait-il confié à James. Mais je ne suis pas sûr qu'elle veuille s'en occuper toute la journée. Or, c'est *exactement* ce que souhaitent maman et Sister ! »

Oscar, néanmoins, se méprenait dans son interprétation. Il prit conscience de son erreur le dimanche du baptême de Miriam. C'était la mi-mai et le temps était lourd. Les Caskey transpiraient à grosses gouttes dans l'église. Se penchant par-dessus Sister toutes les deux minutes, Mary-Love essuyait de son mouchoir la sueur au petit front de Miriam, silencieusement étendue dans les bras d'Elinor. Entre la prière pastorale et le sermon, Annie Bell Driver appela Oscar et Elinor près de l'autel et lut la prière de baptême à Miriam Dammert Caskey. La femme pasteur souleva ensuite le couvercle en acajou du baptistère en argent – un cadeau d'Elvennia Caskey, il y avait bien des années – et s'apprêtait à tremper le bout de ses doigts dans l'eau afin de mouiller la tête du nourrisson quand, de surprise, elle interrompit son geste.

Oscar baissa les yeux sur la bassine. Elle était remplie d'une eau boueuse et rouge.

« Oscar, je ne sais pas comment… murmura Annie Bell.

— Poursuis donc ! dit Elinor, avec un sourire. Ce n'est que l'eau de la Perdido. »

À contrecœur, la femme pasteur y trempa les doigts et aspergea le front de Miriam. L'enfant sourit à sa mère.

Après l'office, la famille se rassembla chez Mary-Love pour déjeuner et, pour l'occasion, tout le monde garda ses habits du dimanche. Alors qu'on se passait le jambon rôti et le plat de boulettes de viande, Elinor annonça :

« Dans une semaine et deux jours, l'école ferme ses portes.

— Voilà qui doit te réjouir, dit James. Je sais qu'il fait une chaleur écrasante dans la salle de classe, le soleil tape tout l'après-midi contre les vitres.

— Ce sera un mardi, poursuivit Elinor sans tenir compte de l'interruption. Mercredi, il faudra que j'y retourne pour remplir les bulletins. Donc, jeudi, dit-elle en levant les yeux pour regarder chaque convive, Oscar, Miriam et moi emménagerons dans la nouvelle maison… »

Ce fut le chaos. Bouleversée, Sister fut incapable d'avaler une bouchée de plus. De désespoir, Mary-Love fondit sur son assiette et dévora en quelques instants le double de ce qu'elle mangeait d'ordinaire en l'espace d'une journée.

« S'il vous plaît, tout le monde, plaida Oscar, on en parlera plus tard. »

James fit sortir Grace de la pièce. De l'autre côté de la porte, Ivey et Roxie ne perdaient pas une miette de la dispute.

« Non, je n'en reparlerai pas, dit Elinor. Il n'y a rien à dire de plus. Cette maison est à Oscar et moi, et nous allons nous y installer. C'est notre cadeau de mariage, et elle est là, inhabitée, avec ses meubles sous des draps !

— On s'en fiche de cette fichue maison ! éructa Mary-Love, comme s'il ne s'agissait pas de la demeure la plus grande et la plus onéreuse de toute la ville. Et Miriam ? Tu ne vas quand même pas emmener cette enfant là-bas !

— Pourquoi pas ? demanda Elinor.

— Qui va prendre soin d'elle ? gémit Sister.

— *Moi*, je le ferai, rétorqua sèchement Elinor.

— Tu ne sais pas t'y prendre ! cria Mary-Love. Oscar, je t'interdis d'emmener cette enfant. Miriam en mourrait, c'est certain ! »

Dans la pièce voisine, Miriam était allongée dans son berceau. Mary-Love se leva précipitamment et courut prendre le bébé dans ses bras, la réconfortant et lui promettant par des murmures qu'elle ne quitterait jamais sa grand-mère. À son tour, Sister se leva et se mit à caresser la petite tandis que Mary-Love la berçait.

« Vous pouvez hurler autant que vous voulez, dit Elinor, Oscar et moi allons quitter cette maison.

— *Pourquoi ?!* s'écria Mary-Love. Pourquoi veux-tu à tout prix t'en aller ?

— Parce que je n'en peux plus d'être ici ! lança sauvagement Elinor depuis la table. Je suis malade à crever de regarder par la fenêtre chaque matin et de voir cette immense maison qui est censée être à moi, mais que tu gardes fermée et dont tu caches la clé ! Je suis malade à crever de me prendre les pieds dans Sister ou toi chaque fois que je veux voir mon propre bébé ! Je suis malade de voir mes placards remplis de vêtements de gens morts ! Je deviens folle de devoir rendre des comptes à chacun de mes mouvements : où je vais, ce que je fais, avec qui. Ce sera déjà bien assez dur de vivre juste à côté, avec toi et Sister qui viendrez à l'improviste à toute heure de la journée, mais au moins je pourrai mettre le loquet pour vous obliger à frapper. Oscar est mon époux, Miriam est ma fille, et c'est notre maison ! Voilà pourquoi nous nous en allons !

— Elinor… souffla Oscar, désespéré.

— Oscar ! rugit Mary-Love. Tu ne quitteras pas cette maison en emportant cette chère enfant !

Tu ne laisseras pas cette femme prendre soin de ce précieux bébé et le nourrir !

— Maman, si Elinor ressent...

— Elinor ne ressent rien ! s'emporta Mary-Love, berçant le nourrisson avec une telle force que Sister se plaça de manière à rattraper Miriam au cas où elle viendrait à échapper à l'étreinte de sa mère. C'est justement le problème ! Elinor n'est pas la mère de cette enfant ! C'est Sister et moi ! Si vous l'emmenez loin de nous, vous allez ruiner sa vie ! »

Parfaitement immobile sur sa chaise, Elinor affichait un air de dégoût. Elle repoussa son assiette.

« Ivey, appela-t-elle, viens ici et débarrasse la table. Je crois que nous avons tous perdu l'appétit. »

Ivey entra dans la pièce avec Zaddie. Dans des circonstances ordinaires, personne n'aurait dit un mot devant les domestiques – même si ça n'était un secret pour personne qu'on entendait tout depuis la cuisine –, mais les circonstances étaient tout sauf ordinaires et Mary-Love reprit la parole par-dessus les tintements d'assiettes, d'argenterie et de verres.

« Oscar, dit-elle d'une voix basse et glaçante, je t'interdis de quitter cette maison avec Miriam.

— Maman, dit plaintivement Oscar, tu nous avais promis qu'on pourrait partir dès que Miriam serait née. Et parce que Miriam était si mignonne, Elinor a eu la gentillesse... »

Mary-Love renifla avec dédain.

« Elinor a eu la gentillesse de rester encore quelques mois pour que vous puissiez en profiter, poursuivit Oscar. Mais maintenant l'année scolaire est finie et Elinor va être à la maison toute la journée.

— Et à la rentrée ? contra Mary-Love. Que va-t-il se passer en septembre ? Elinor va-t-elle suspendre Miriam à un crochet sous le porche pendant qu'elle fait la classe ?

— Je ne vais pas retourner à l'école, fit doucement Elinor. Edna McGhee ne se plaît finalement pas à Tallahassee. Je lui ai dit qu'elle pouvait reprendre sa classe.

— Peu importe ! cria Mary-Love au comble du désespoir. Tu ne nous prendras pas l'enfant !

— Nous quittons cette maison », dit calmement Elinor.

Mary-Love tendit Miriam à Sister, qui serra le bébé contre sa poitrine comme pour le protéger de la violence des mots de Mary-Love et d'Elinor. Mary-Love avança vers la table et se tint derrière sa chaise, les mains agrippées au dossier jusqu'à faire blanchir ses jointures.

« Eh bien, allez-y ! hurla-t-elle. Partez ! Je vous donne ma bénédiction. Vous aurez les clés aujourd'hui. Sister, va les chercher ! Je vais vous les donner maintenant et vous pourrez vous en aller cet après-midi. Prenez des bougies et une lampe à kérosène, Zaddie ira vous chercher de l'eau. Demain, je ferai mettre l'eau, le courant et le gaz. Ivey vous apportera vos vêtements.

— Merci, Madame, dit froidement Elinor.

— Oh, merci maman… commença Oscar.

— Mais Miriam reste ici », lâcha Mary-Love d'une voix sans appel.

Un silence de mort tomba.

« Mary-Love… », intervint James dans un murmure étouffé.

Mary-Love lui coupa la parole.

« Tu auras ta maison, Elinor, puisque c'est ce que tu veux. Je garde l'enfant, puisque c'est ce que je veux.

— Maman, tu ne peux pas…

— Oscar, tais-toi ! lança Mary-Love. Ceci n'a rien à voir avec toi !

— Quand même, il s'agit de ma fille !

— Miriam est à moi et à Sister ! »

Sister revint avec les clés de la nouvelle maison, le bébé toujours dans les bras. En quête d'attention, Miriam agita les mains. Sister enfouit son nez dans le cou de la petite fille et l'y frotta jusqu'à ce que Miriam éclate de rire.

De retour dans la pièce, Ivey emporta les derniers verres.

« Ivey, dit Elinor, dès que tu auras fini, est-ce tu pourrais monter à l'étage et commencer à faire nos bagages, s'il te plaît ?

— Bien sûr, mam'selle Elinor », répondit celle-ci

à voix basse, sans regarder personne.

Mary-Love eut un sourire de triomphe.

Choqué, Oscar se tourna vers sa femme.

« Elinor, comment peux-tu…

— Silence, Oscar. Nous ne resterons pas une nuit de plus dans cette maison. Pas une seule.

— Mais… et Miriam ?

— James, poursuivit Elinor, est-ce que je peux vous emprunter Roxie quelque temps ?

— Oui, oui. De toute façon, Grace et moi mangeons ici tout le temps. Je paie Roxie cinq dollars par semaine pour qu'elle reste assise à la table de la cuisine dix heures par jour. Elle a appris par cœur quatorze chapitres du *Livre de Job* ! »

Hagard, Oscar fixait son enfant niché dans les bras de sa sœur, qui s'était éloignée de la table et se tenait à présent dans la pièce voisine, tout en restant visible par la porte ouverte.

« Elinor, on va *réellement* la laisser ici, tandis qu'on va vivre à côté ?

— Oscar, répondit Elinor en repliant sa serviette et en se levant de table, nous avons beaucoup de bagages à faire, et tu devrais te changer.

— Mais notre fille… »

Personne ne lui avait coupé la parole, pourtant Oscar laissa mourir sa phrase quand une soudaine révélation, aussi éblouissante que le soleil qui brillait dehors, lui traversa l'esprit. L'affaire avait été entièrement planifiée. Elinor avait compris que le seul moyen pour qu'ils quittent la maison de Mary-Love était de l'échanger lui, Oscar, contre quelque chose que sa mère aimerait davantage. Pour cette raison seulement, Miriam était née. Elinor n'avait pas tant donné naissance à une fille qu'à un otage. En laissant Mary-Love et Sister prendre soin jour et nuit du bébé, Elinor s'était assurée de leur indéfectible attachement. Aussi, la tentative d'Elinor de s'en aller avec son mari et sa fille n'avait été, en réalité, qu'une ruse, seulement une ruse. Elle avait prévu dès le début de leur offrir Miriam – de jeter l'enfant en pâture aux louves enragées, afin qu'elle et lui puissent s'enfuir sans être dévorés.

Oscar parcourut la tablée des yeux. Personne n'avait compris – pas même Mary-Love et Sister. Il soutint le regard de sa femme, et ce qu'il y lut confirma ses soupçons – et Elinor sut qu'il l'avait comprise.

« Oscar, répéta-t-elle d'une voix douce, es-tu prêt à faire les bagages ? »

Il se leva et posa sa serviette sur le dossier de sa chaise. Mary-Love et Sister étaient debout dans l'embrasure de la porte, leurs mains posées sur le bébé d'Elinor, qu'elles berçaient avec des gazouillis.

Une heure plus tard, Elinor et Oscar étaient partis, abandonnant leur fille sans un mot.

*Dans l'épique saga de la famille Caskey,
les rivières suivent leur cours…*

BLACKWATER II
LA DIGUE

BLACKWATER III
LA MAISON

BLACKWATER IV
LA GUERRE

BLACKWATER V
LA FORTUNE

BLACKWATER VI
PLUIE

À propos de Michael McDowell

« J'écris pour que les gens prennent du plaisir à lire mes livres, qu'ils aient envie d'ouvrir un de mes romans pour passer un bon moment sans avoir à lutter. »

Maître de la littérature d'horreur, Michael McEachern McDowell était fier d'être présenté comme un « écrivain commercial ». N'aspirant pas à publier pour la postérité, il doit son succès à son désir de créer des images frappantes, des ambiances étranges et des scènes marquantes avant tout. Son secret ?

« S'approprier l'improbable, l'inimaginable et l'impossible, et faire en sorte que ça semble non seulement plausible mais surtout inéluctable. »

Né en 1950 en Alabama, Michael McDowell puisera dans cet environnement pour nourrir son œuvre. Il dit s'inspirer de l'atmosphère gothique qui règne dans le Sud et du poids de la morale qui pèse sur les épaules de chacun. Dans nombre de ses écrits – qui comptent plus d'une trentaine de romans, des dizaines de scénarios et plusieurs nouvelles –, l'auteur explorera la relation viscérale qu'entretiennent les gens avec le surnaturel.

Étudiant la littérature à Harvard afin de devenir professeur, il explore sa fascination pour l'occulte avec la rédaction d'une thèse sur le rapport que les individus entretiennent avec la mort à la fin du XIXe siècle aux États-Unis. Il accumule les artefacts mortuaires les plus variés : cercueil d'enfant, photographies de corps embaumés, broches mortuaires, etc. Cette vaste et intrigante collection est aujourd'hui conservée à la Northwestern University, à Evanston, dans l'Illinois.

Lorsqu'il obtient son doctorat, et en parallèle de son emploi de secrétaire au MIT, Michael McDowell a déjà écrit six romans et plusieurs scénarios, mais aucun ne trouvera preneur.

Loin de se décourager, il décide de se lancer pleinement dans l'écriture et finit par réussir à publier *The Amulet* en 1977. Cette histoire macabre sur fond d'humour noir, d'abord écrite sous la forme de scénario et dont il en tire un roman, traite d'une amulette tueuse faisant des ravages dans une petite ville de l'Alabama.

Avec *Cold Moon over Babylon* (*Les Brumes de Babylone*), il assoit sa réputation d'écrivain et devient reconnu dans le genre. Dans son livre suivant, *Gilded Needles*, un thriller psychologique dans le New York des années 1870, il s'essaye au récit historique, avant de signer *The Elementals* (*Cauchemar de sable*) en 1981.

En 1983, sa saga *Blackwater* (écrite au printemps et à l'été 1982) est publiée à raison d'un volume par mois, de janvier à juin, et connaîtra un immense succès commercial. Dans cette série de six romans, il convoque ses peurs d'enfant, liées à des portes fermées alors qu'elles auraient dû être ouvertes ; aux éléments présents en trop grande quantité (trop de pluie, trop de sable, trop de vent) ; au sentiment d'être observé et aux vibrations qui habitent les maisons. Il puise également beaucoup dans son propre passé familial pour nourrir ses personnages. Car la famille est l'un de ses thèmes de prédilection. Il les trouve violentes, oppressantes, manipulatrices, et donc, dignes du plus grand intérêt. Il voit les relations au sein d'un même foyer comme verticales, à l'opposé des relations amicales ou romantiques, qui sont horizontales :

> « Les relations verticales vous touchent au plus profond. Elles sont comme des poutres plantées en vous, et il y a plus de drames exploitables dans des relations auxquelles vous êtes attachés comme à des tuteurs. C'est pour cette raison que j'écris sur les familles. »

Dans ses œuvres, les familles sont monstrueuses à plus d'un titre. Leurs membres sont souvent animés par un sentiment de vengeance. Une émotion très puissante mais qui, selon lui, n'est réellement exploitable que dans les fictions :

> « On peut modeler la vie des personnages de sorte qu'ils soient en mesure de mettre leur vengeance à exécution. Ça m'amuse, c'est plus drôle que l'amour, et bien plus satisfaisant. »

Pour contrebalancer ces thèmes pesants, Michael McDowell s'appuie sur l'humour, qui parcourt ses livres et en particulier *Blackwater* :

> « J'ai tendance à insister sur l'humour, car l'horreur paraît plus horrible encore quand on la laisse s'exprimer dans un contexte absolument banal. »

L'écriture de Michael McDowell, un style solide, efficace, traversé d'une certaine poésie, est caractérisée par des images saisissantes, visibles instantanément, presque cinématographiques. Pour lui, la littérature d'horreur se démarque néanmoins des films du même genre par la temporalité de l'action :

> « Les films se déroulent en temps réel, il est donc possible d'avoir des événements soudains

– une main peut surgir d'une porte en direct. Mais dans un livre, ça ne se passe pas comme ça. Ces effets, on les obtient grosso modo avec des mots longs, des mots courts, des phrases longues, des phrases courtes, des sonorités – des mots abrégés ou des mots étirés. C'est une des choses qu'on apprend en écrivant beaucoup. »

Si l'imagerie cinématographique stimule son imagination et anime son œuvre depuis le début, ses premiers pas dans le monde du cinéma se font par un chemin détourné.

Tout commence par un appel du bureau de George Romero. On lui parle d'écriture de films d'horreur jusqu'au moment où son interlocuteur se rend compte que ce n'est pas le bon McDowell qu'il a au bout du fil. Mais Michael McDowell a le temps de glisser que lui aussi écrit, et quinze jours plus tard, après avoir lu ses livres, on lui propose d'écrire un scénario. De 1984 à 1987, il signe onze épisodes de *Tales from the Darkside* (produit et réalisé par George Romero), il participe même au film tiré de la série aux côtés de Stephen King. En 1986, il écrit un épisode d'*Amazing Stories* pour Steven Spielberg, et signe « The Jar », un épisode d'*Alfred Hitchcock presents* réalisé par Tim Burton.

En 1988, il écrit puis scénarise son histoire la plus célèbre, *Beetlejuice*, adaptée avec succès par

Tim Burton. Cette collaboration se poursuivra par l'écriture (à partir d'un poème de Tim Burton) et l'adaptation de *L'Étrange Noël de monsieur Jack*, en 1993. Toutefois, les deux hommes connaissent un différend créatif qui poussera le réalisateur à faire du film une comédie musicale.

Malheureusement, ces années hollywoodiennes – un prodigieux travail créatif accompagné d'une tout aussi prodigieuse envie de faire la fête – affectent durement Michael McDowell, qui ne parvient plus à honorer certains de ses contrats.

En 1994, il est diagnostiqué séropositif et revient – avec son compagnon Laurence Senelick – vivre à Medford dans le Massachusetts où il enseigne l'écriture de scénarios à l'université Tufts et à celle de Boston.

En 1996, Michael McDowell signe l'adaptation du roman de son ami Stephen King, *La Peau sur les os*.

Au cours de l'année 1998, la trithérapie dont il bénéficiait ne fait plus effet. Il décède le 27 décembre 1999, laissant derrière lui de nombreux projets inachevés. Tabitha King, autrice et épouse de Stephen King, achèvera l'un de ses romans en cours d'écriture, *Candles Burning* (*Calliope*), publié à titre posthume en 2006.

Table

Prologue	7
Les Dames de Perdido	31
Les Eaux se retirent	57
Les Chênes d'eau	77
La Confluence	99
Parade amoureuse	113
Les Représailles d'Oscar	135
Genevieve	153
Le Cadeau de mariage	169
La Route pour Atmore	187
Les Bijoux Caskey	205
La Nouvelle d'Elinor	225
L'Otage	239
À propos de Michael McDowell	253

LA CRUE EST LE PREMIER VOLUME DE LA SÉRIE BLACKWATER.
IL A ÉTÉ ACHEVÉ D'IMPRIMER LE 31 AOÛT 2022
ET PORTE LE NUMÉRO 171255. IL MESURE 108
SUR 165 MILLIMÈTRES ET COMPTE 260 PAGES,
CE QUI EST ASSEZ POUR
S'Y NOYER.

LES COUVERTURES DES SIX
VOLUMES DE L'ÉPIQUE SAGA DE LA FAMILLE
CASKEY ONT ÉTÉ DESSINÉES PAR PEDRO OYARBIDE,
SOUS LA DIRECTION DE MONSIEUR TOUSSAINT
LOUVERTURE, DANS L'IDÉE DE LEUR DONNER
UN ASPECT QUI, TOUT EN S'INSCRIVANT
DANS LE TEMPS, PARVIENDRAIT À LUI ÉCHAPPER.
CHACUNE DE CES COUVERTURES A ÉTÉ PATIEMMENT
MANUFACTURÉE PAR PRINT SYSTEM À BÈGLES, EN GIRONDE,
SOUS L'ÉGIDE DE MÉLANIE FRANCA ET DE
JEAN-PIERRE CHAMPMONT.

CE TRAVAIL COLLECTIF,
ARTISANAL ET UN PEU FANTASMATIQUE
A ÉTÉ EFFECTUÉ SUR UN PAPIER POP'SET
GALET DE 240 G/M².

LES COUVERTURES ONT D'ABORD
ÉTÉ PASSÉES SOUS LES ENCRES D'UNE PRESSE OFFSET
AVANT D'ÊTRE DORÉES À CHAUD À DEUX REPRISES
(D'UNE UNIVACCO NOIRE PIGMENTÉE SUIVIE D'UNE DORURE
CHAMPAGNE), PUIS ENFIN EMBOSSÉES. TOUT CECI POUR
QUE LEURS FORMES ET LEURS OMBRES CAPTENT LA
LUMIÈRE ET MARQUENT LES ESPRITS.

L'IMPRESSION DES BLOCS
INTÉRIEURS ET LA RELIURE ONT ÉTÉ ASSURÉES
PAR L'IMPRIMERIE CPI FIRMIN-DIDOT À MESNIL-
SUR-L'ESTRÉE, DANS L'EURE. LA POLICE UTILISÉE
EST DU SABON CRÉÉE PAR JAN TSCHICHOLD.

CE PROJET ÉDITORIAL A ÉTÉ RÊVÉ
ET RÉALISÉ PAR MONSIEUR TOUSSAINT LOUVERTURE,
ÉPAULÉ DE SON DIFFUSEUR & DISTRIBUTEUR HARMONIA
MUNDI LIVRE, DE NADIA AHMANE, DU BUREAU VIRGINIE
MIGEOTTE ET DE SYLVIE CHABROUX.